＊城名の後の数字はページを示す

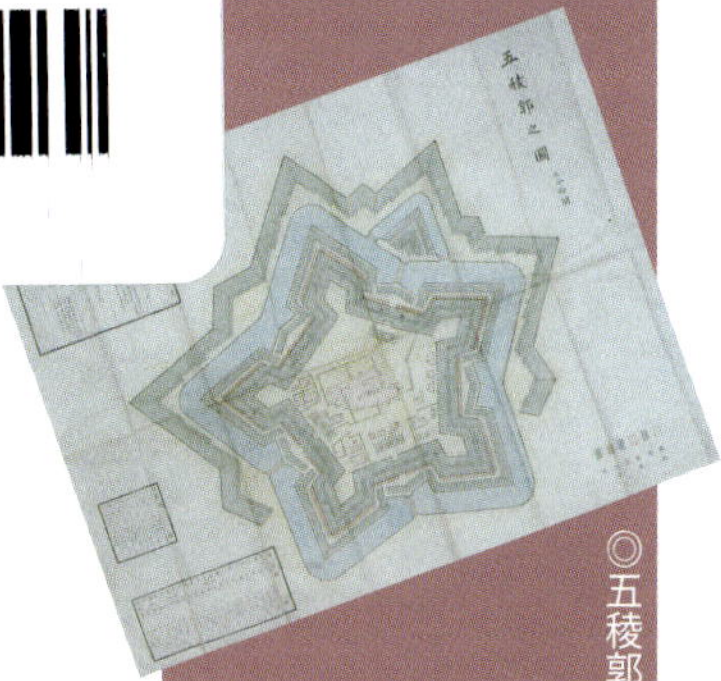

◎五稜郭・13

◎弘前城《ひろさき》・23

◎会津若松城・33

◎川越城・43

◎江戸城・51

◎小田原城・65

◎躑躅《つつじ》ケ《が》崎館《さきやかた》・75

◎長岡城・83

◎上田城・97

◎浜松城・105

◎岡崎城・113

◎清洲城・123

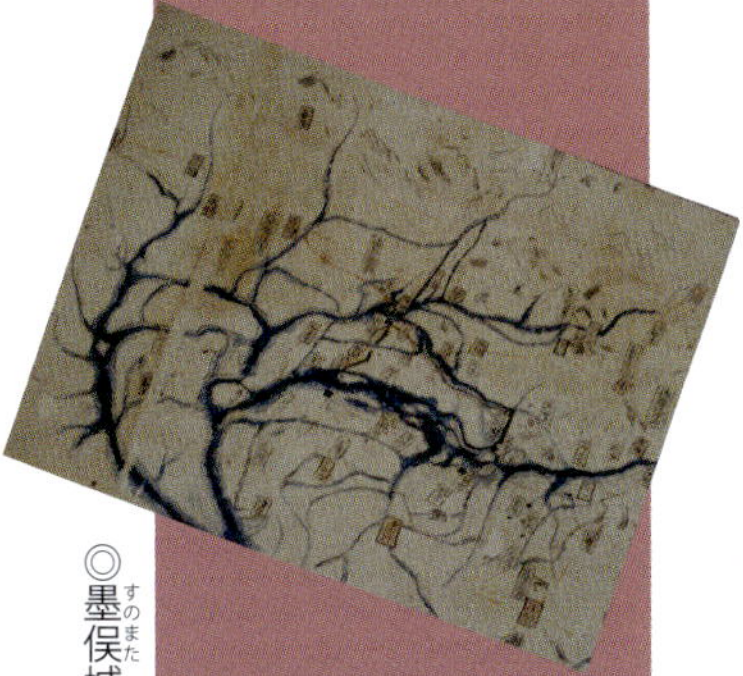

◎墨俣《すのまた》城・131

◎岐阜城・143

◎丸岡城・155

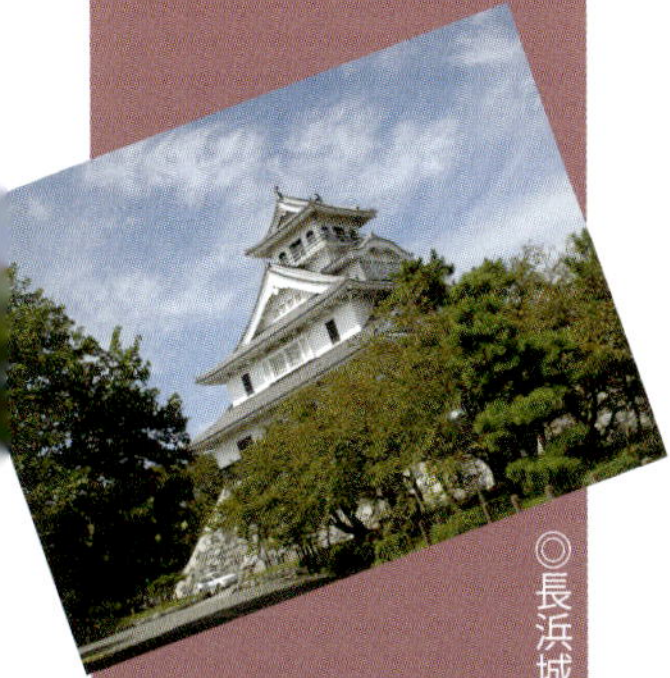

◎長浜城・163

◎彦根城・173

◎大坂城・201

◎安土城・181

◎伏見城・189

◎高取城・215

◎三木城・223

◎姫路城・231

◎洲本城・241

◎郡山城・267

◎備中高松城・251

◎勝瑞城《しょうずいじょう》・275

◎備中松山城・259

◎高知城・283

◎松山城・297

◎宇和島城・305

◎中津城・315

◎島原城・325

◎原城・333

◎首里城・341

光文社文庫

司馬遼太郎と城を歩く

司馬遼太郎

光　文　社

はじめに

城が好きだった司馬遼太郎の作品には、さまざまな城が登場し、
そのありよう、その姿がいきいきと描かれる。
そんな作品に出合ったとき、司馬遼太郎の文章にこめられた思いに、
「城を訪ねたい」という旅情がかきたてられる。
本書は、司馬作品に登場する城のうち三十五城を、作品の抜粋とともに精選。
城歩きをさらに魅力的にする歴史を城下町のガイドとともに紹介する。
司馬遼太郎と城を歩く初めての本である。

城を思う

――私は城が好きである。

あまり好きなせいか、どの城趾に行ってもむしろ自分はこんなものはきらいだといったような顔を心の中でしてしまうほどに好きである。だからできるだけ自分の中の感動を外《そ》らし自分自身にそっけなくしつつ歩いてゆくのだが……

（『街道をゆく』「大和・壺坂みち」より）

――有名な城のなかでは、やはり大坂城がすきである。いまの廓内は石垣のほとんどにいたるまで徳川初期の再建によるものだとおもうのだが、それでもわれわれがこの城のなかを歩いて感ずるのは秀吉立身の奇譚であり、豊臣氏の栄華とその没落という大ロマンである。

（『毎日グラフ　別冊 日本の城』より）

——甲斐の武田信玄は「天命われにあり」とおもったればこそ父を追って権力の座についたわけだし、奥州の伊達政宗《だてまさむね》も、敵に拉致《らち》されてゆく父の輝宗を敵とともに撃ち殺したのも、この感情である。

事、成就《じょうじゅ》すれば「天にもっとも近い者」であることを人に知らしめるために天空を劃《かく》するような城をつくる。

（『国盗り物語』より）

——天守と石畳で構成された近世城郭は、よくいわれるように、織田信長が琵琶湖畔に造営した安土《あづち》城が祖という。

当時、巨大建築をつくる技術者が払底していた。

ながい日本史のなかで、集中して巨大建築がおこされたのは、飛鳥《あすか》朝から奈良時代にかけてのころで、その経験をもつ大工の子孫が、大和の法隆寺、摂津の四天王寺、奈良の東大寺のまわりに住み、それら大寺の補修をうけもつことで、建造技術を伝承した。

平安初期の叡山延暦寺のまわりにも、そういう大工たちや石工《いしく》が住んでいた。

とくに石工は、叡山の近江側の穴太《あのう》という村に住み、石積みの技術を伝えてきた。

安土城という、ひさしく興されなかった巨大建築の造営のためにそのような技術者が大動員され、その後、秀吉の大坂城、伏見城の築城によって、技術者たちの腕も磨かれ、数もふえてゆく。

当時、築城の場合、本丸、二ノ丸、三ノ丸などの土木的骨格をつくるしごとのことを、普請《ふしん》といい、その設計を縄張《なわば》りといった。建物をつくるしごとは、作事《さくじ》とよばれた。

作事より普請のほうが、格が高かった。というより、作事は大工がやったが、普請は武士のしごとだった。

（『街道をゆく』「北のまほろば・陸奥のみち」より）

目次

【中国・四国篇】

【九州・沖縄篇】

【城データ凡例】

①別称 ②築城形態 ③築城者 ④築城年
⑤遺構 ⑥所在地 ⑦問い合わせ ⑧エピソード

＊未詳のものは、城所在の自治体が規準としているデータを掲載。＊本書掲載のデータは2008年12月現在のものです。

＊城名の後の数字はページを示す

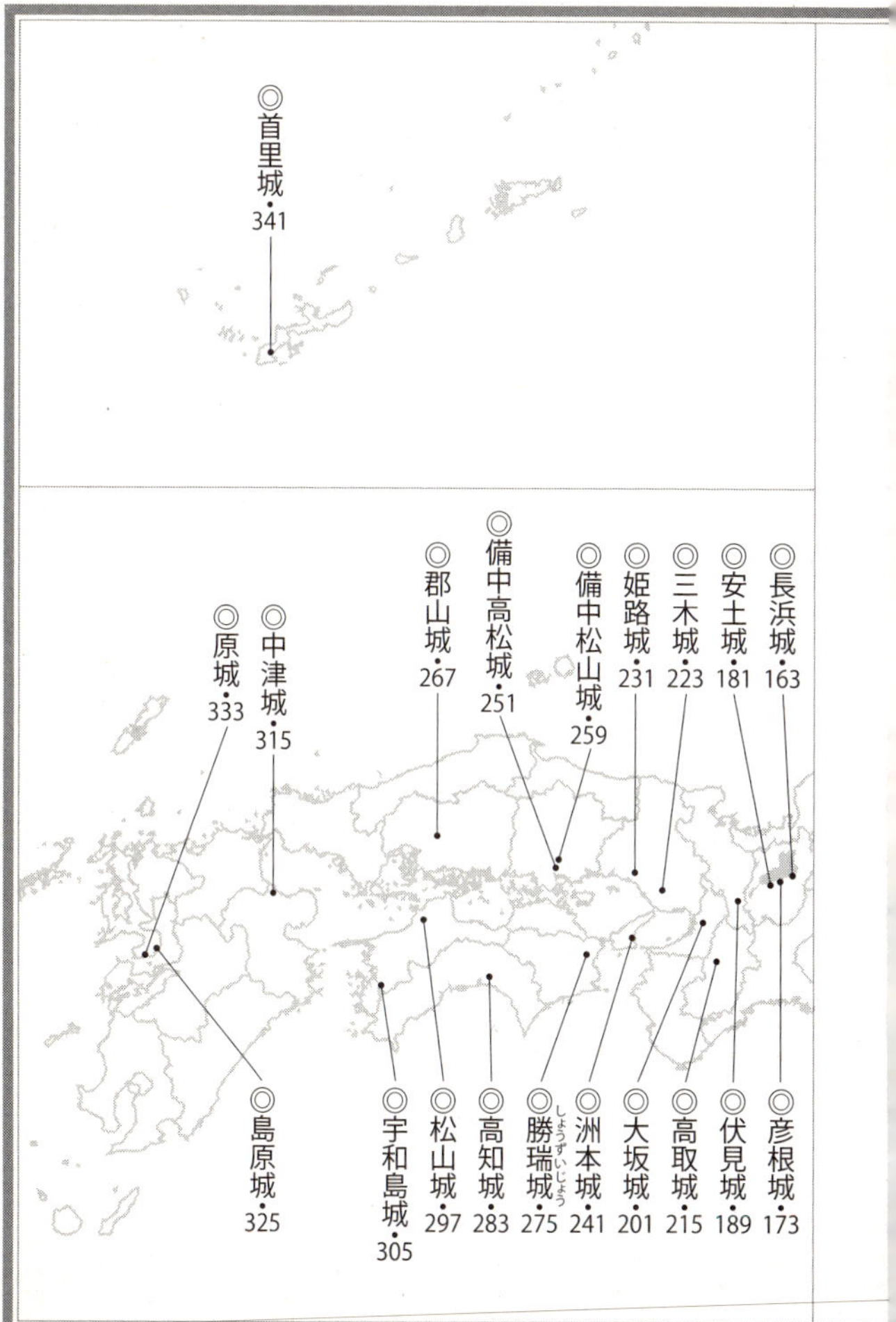
◎首里城 341
◎長浜城 163
◎安土城 181
◎三木城 223
◎姫路城 231
◎備中松山城 259
◎備中高松城 251
◎郡山城 267
◎中津城 315
◎原城 333
◎彦根城 173
◎伏見城 189
◎高取城 215
◎大坂城 201
◎洲本城 241
◎勝瑞城《しょうずいじょう》 275
◎高知城 283
◎松山城 297
◎宇和島城 305
◎島原城 325

北海道・東北篇

五稜郭と『燃えよ剣』

『**燃えよ剣**』
新潮文庫
文藝春秋

幕末、新選組を鉄の組織につくりあげていく土方歳三。頑なに剣のみを信じ、激動の時代に自身の「美学」を貫いて走り続けた男の生涯を描く。

軍議がひらかれた。

榎本、大鳥は籠城を主張した。歳三はあいかわらずだまっていたが、副総裁の松平太郎がしつこく意見をもとめたので、ぽつりと、

「私は出戦しますよ」

とだけいった。陸軍奉行大鳥圭介が、歳三への悪感情をむきだした顔でいった。

「それでは土方君、意見にならない。ここは軍議の席だ。君がどうする、というのをきいているのではなく、われわれはどうすべきかという相談をしている」

のちに外交官になった男だけに、どんな場合でも論理《すじだて》の明晰《めいせき》な男だった。

「君は」

と、歳三はいった。

「籠城説をとっている。籠城というのは援軍を待つためにやるものだ。われわれは日本のどこに味方をもっている。この場合、軍議の余地などはない、出戦以外には。——」

皮肉をこめていった。籠城は、降伏の予備行動ではないかと歳三は疑っているのだ。

松平太郎、星恂太郎らは歳三に同調し、翌未明を期して函館奪還作戦をおこすことになった。

偶然、官軍参謀府でもこの日をもって五稜郭総攻撃の日ときめていた。

その当日、歳三が五稜郭の城門を出たときは、まだ天地は暗かった。明治二年五月十一日である。

歳三は、馬上。

従う者はわずか五十人である。榎本軍のなかで最強の洋式訓練隊といわれた旧仙台藩の額兵隊に、旧幕府の伝習士官隊のなかからそれぞれ一個分隊をひきぬいただけであった。

この無謀さにはじつのところ、松平らもおどろいた。が、歳三は、

「私は少数で錐《きり》のように官軍に穴をあけて函館へ突っこむ。諸君はありったけの兵力と弾薬荷駄《にだ》を率いてその穴を拡大してくれ」

といった。

歳三は、すでにこの日、この戦場を境に近藤や沖田のもとにゆくことに心をきめていた。もうここ数日うかつに生きてしまえば、榎本、大鳥らとともに降伏者になることは自明だったのである。

〈中略〉

歳三は、死んだ。

それから六日後に五稜郭は降伏、開城した。総裁、副総裁、陸海軍奉行など八人の閣僚のなかで戦死したのは、歳三ただひとりであった。

『燃えよ剣』より

【五稜郭データ】
①亀田御役所土塁　②稜堡式　③徳川幕府　④元治元年（1864）
⑤総構え、堀、石垣、見隠土塁、半月堡など（国指定特別史跡）
⑥北海道函館市五稜郭町
⑦市立函館博物館五稜郭分館　☎0138-51-2548
⑧日本にもう一つ五稜郭がある。長野県佐久市の臼田にある「龍岡城五稜郭」。函館のものよりかなり小規模で慶応3年（1867）の完成。日本最後の城といわれる。

●問い合わせ
函館市観光コンベンション部ブランド推進課　☎0138-21-3323
●城へのアクセス
JR函館本線函館駅より函館バス「五稜郭公園入口」下車、徒歩7分

七年かけて築いた愚劣なる要塞

昭和四十三年七月に書かれたエッセイ「五稜郭の百年」（『司馬遼太郎が考えたこと』新潮文庫、『歴史と小説』集英社）で、「五稜郭という要塞ほど愚劣なものはないであろう」という。

JR函館駅から車で約十分の地。市街地中心部を抜け、函館湾よりかなり内陸に入った感がある。

五稜郭は日本の北辺を脅かす外国船に対する防備のために造られた日本初の西洋式城郭である。江戸城の補修にも苦慮する財政難の幕府が三十万両という多額の費用を捻《ねん》出《しゅつ》し、七年の歳月をかけて元治元年（一八六四）に完成させた。

堀に囲まれて星形に築かれた五つの堡塁《ほるい》は、その先端部に砲を据えて死角をなくし、各堡塁が連携して侵攻してくる敵に対して十字砲火を浴びせてこれを殲滅《せんめつ》するという。ロシアのセバストポール要塞を参考に蘭学者の武田斐三郎《あやさぶろう》が設計、近代砲戦に対応した新しい時代の城郭となるはずだった……が、それは戦う相手と同等の優秀な近代兵器があればこその話である。

当時、幕府をはじめ各藩が所有していた砲は先込め式の青銅砲が主流で、イギリスなどの軍艦が装備していた砲と比べて射程はかなり短かった。実際、五稜郭から砲を撃っても箱館湾まで到達しなかったというから、侵攻してくる敵艦にはなんの脅威にもならない。司馬遼太郎のいう「愚劣なもの」たる所以《ゆえん》である。

現在の五稜郭は公園となっている。防御のための最大幅三十メートルにもなる深い掘割も、今は悠々と鯉が泳ぎ、水上にはボートを楽しむカップルの姿が。なんとも平和な風景である。しかし、戊辰戦争ではこの「城」が最後の激戦地となった。

榎本武揚《たけあき》率いる旧幕府軍の敗残兵は、五稜郭を本拠に蝦夷共和国の建設を夢見たが、明治二年（一八六九）、箱館湾に浮かぶ官軍の新兵器・装甲艦「ストーンウォール」の大口径アームストロング砲から放たれた砲弾は、確実に城内を破壊。その後の総攻撃で五稜郭はあっけなく落城した。

戦いの後、「箱館」は「函館」になった。五稜郭から函館駅へ向かう途中に「土方歳三最期《さいご》の地碑」。ほど近くに「ほととぎす　われも血を吐く　思ひ哉《かな》」の辞世を残して、土方同様に散っていった中島三郎助父子の碑も立っている。古い日本の武士の戦いは五稜郭とともに消滅した。

土方歳三が死を決意した城下町

四稜郭跡　五稜郭から北へ三キロほど行くと四稜郭跡がある。四つの堡塁が蝶が羽を広げたような形状で、高さ三メートルの土塁と小さな堀で囲まれている。「箱館」防衛の砦《とりで》として明治二年（一八六九）に榎本武揚率いる旧幕府軍が造ったものだが、二週間という突貫工事で築いた小規模な砦なだけに、新政府軍の攻撃によりわずか数時間で落城。ほとんど戦いの役にはたたなかった。

土方歳三最期の地碑　土方歳三が壮絶な最期を遂げた新政府軍の一本木陣地は、現在の函館市若松町とされている。この碑は昭和三十三年に建てられたもので、いつの時代も変わらず全国各地から多くの土方歳三ファンが訪れて、つねに献花が絶えないという。また、「箱館戦争」の旧幕府軍戦死者約八百名を祀《まつ》る碑として、立待岬を望む「千畳敷見晴台」近くにある「碧血碑《へっけつひ》」も有名だ。

市立函館博物館五稜郭分館　現在は公園として整備されている五稜郭のなかにあり、館内には「箱館戦争」で戦死した土方歳三らの資料を数多く展示している。

五稜郭タワー　高さ六十メートル。展望台からは五稜郭の全容が眺められる。タワー前に土方歳三ブロンズ像が立つ。

称名寺　函館港の西。新選組隊士の供養碑がある。

最後の志士・土方歳三

天保六年（一八三五）武州多摩郡生まれ。生家は農家だったが、剣士を志し天然理心流を学ぶ。文久三年（一八六三）に同郷の近藤勇ら道場仲間と浪士隊に加わり上洛し、新選組を結成。副長として、会津藩主で京都守護職だった松平容保《かたもり》の下で京の治安維持に活躍。尊王攘夷派の志士たちを恐怖させた。

その後、鳥羽伏見の戦いに参加して敗れた新選組は、京から関東に転戦。その間、局長の近藤は甲府城攻略に失敗、下総流山で官軍に捕らえられ斬殺されたが、土方は生き残りの隊士を集めて北関東や会津で戦う。

会津戦争敗退後、仙台で榎本艦隊に合流して箱館へ。新政府に徹底抗戦、最後まで幕府に殉じようとした。

単騎で敵陣に切り込んだその最期は壮絶で、官軍、旧幕府軍双方の兵士たちの語りぐさとなった。享年三十四。

弘前城《ひろさき》と『街道をゆく』

北のまほろば

『街道をゆく』
朝日文庫

紀行・第41巻「北のまほろば」は青森をゆく。厳しい風土を印象づけられた地が、稲作至上時代以前は豊かな土地だったということを確信していく。

追手門に着いた。

雪をかぶって、本体はくろぐろとしている。門は二階だてである。二階は白堊、一階は黒い板壁で、白と黒の対比がおもしろい。

門を入ると、土塁が視野をさえぎる。さらにゆくと、三ノ丸がそのまま雪原になっている。視野が広濶《こうかつ》になり、ひろさのむこうに赤松の梢が、たかだかと青天を飾っている。

もし追手門が破られれば、城兵は三ノ丸で戦う。そのために、ひろい。

さらに三ノ丸が陥ちれば、城兵は二ノ丸に拠る。

二ノ丸は、城のなかのもう一つの城である。ここにも堀がめぐらされ、石垣が築かれている。

そこに、三層の角櫓《すみやぐら》がしずかに建っている。辰巳《たつみ》（南東）の櫓である。

西洋の古い建築では前面の顔《ファサード》が意識されているが、弘前城もまた顔への意識がある。

この角櫓には、二正面に二層ごと計四つもの破風《はふ》が付属しているのである。このおかげで見る者は直線や曲線の入りくみを楽しむことができる。

そのあと、二ノ丸堀にかかった橋をわたった。本丸へゆく。


城内は、七つの城内要塞より成っている。本丸は、二ノ丸さえ陥ちた場合、残存の城兵が最後に拠る胸郭《きようかく》陣地ともいうべき郭である。

天守閣の据えどころでもある。

弘前城は築城早々には五層の天守閣がそびえていたが、建造後わずか十七年目の寛永四年（一六二七）に落雷焼失した。

記録をみると、九月五日の夜のことである。天守の第五層の屋根の南の鯱《しやち》鉾《ほこ》に落雷した。

まず第五層、第四層が焼けた。第三層に吊鐘《つりがね》があったのだが、これが灼熱《しやくねつ》して床をやぶって落下した。そこに火薬が置かれていた。大爆発した、という。

藩としては再建したかったが、当時幕府は五層の天守閣の新築を諸藩に対して禁じていたため、三層の角櫓の一つを改築して天守閣のかわりにした。

だからいまの天守閣は小ぶりなのである。

それがかえって全体との調和がよく、ふしぎなやさしさを帯びた名城になっている。

ところで、本丸にのぼった者は、この台上の主役が天守閣ではないことを悟らされるのである。

私ものぼりつめてから、天守閣を見るよりも、台上の西北が広濶に展開していて、吸いよせられるように天を見ざるを得なかった。その天に、白い岩木山《いわきさん》が、気高《けだか》さのきわみのようにしずかに裾をひいていた。

『街道をゆく』北のまほろば より

【弘前城データ】
①高岡城　②平山城　③津軽信枚　④慶長16年（1611）。現在の天守閣は文化7年（1810）の再建　⑤天守閣（三層）、二の丸辰巳櫓・未申櫓・丑寅櫓・南門・東門、三の丸追手門・東門・東内門、北の郭亀甲門（以上重要文化財）など　⑥青森県弘前市下白銀町　⑦弘前市公園緑地協会　☎0172-33-8733　⑧桜で知られる城。その数、53品種・2600本余り。

●問い合わせ
弘前市役所観光物産課　☎0172-35-1111
●城へのアクセス
JR奥羽本線弘前駅より弘南バス「市役所前公園入口」下車、徒歩5分

津軽に出現した奇跡

司馬遼太郎は平成六年、弘前城を訪れる。そして、『街道をゆく』で「この優美な近世城郭が僻陬《へきすう》の地の津軽に出現したこと自体、奇跡にちかい」と書く。

天守閣とともに、三重の堀、三つの櫓、六つの城門が現存する弘前城。本州の北の果てにあって、この城郭には大いなる存在感がある。津軽に生きる人々の誇り。背景の霊峰・岩木山や津軽平野の緑が、名城の眺めをさらに美しくする。

弘前城跡は現在、弘前公園となっている。

四十九ヘクタールの広大な園地、市街地の中心にかつての城郭の縄張りがほぼ完璧な形で残されている。弘前市役所近くに追手門、すでにかつての城域である。ここから市民広場を抜けると、中堀に囲まれた二の丸。高く積まれた石垣、古城らしい風情も高まってくる。

弘前城の完成は慶長十六年（一六一一）のことだという。江戸城もやっと天下普請《ぶしん》によって石垣の城になったばかりの当時、関東や東北地方の城は土を盛った土塁がほとんどで、石垣の郭《くるわ》というのはかなり希少な存在だった。寺社の多い西国と違って、その需要が少ない関東や東北に石積み技術者が育たなかったのも、石垣の城が築かれなかった一因。なにしろ東北地方でも最奥、かつての津軽は秘境めいた雰囲気すらあった。そんな土地柄なだけに、津軽氏も築城の際には、石積みの技術者や職人を確保するのに苦労したという。

その石垣は、築城から藩政時代を経て現在まで、崩れることなく、しっかりと残っている。石はじつに堅牢に積まれている。江戸時代初期、最果ての津軽に出現した高水準の石垣の城は、近隣の大名に対して誇りとするところだったとか。

二の丸から内堀を隔ててあるのは本丸。石垣はさらに高く、櫓や門などの建造物も多く現存し、ここだけは藩政時代がそのまま残っている感がある。二の丸と内堀を隔てて、さらに石垣の高い本丸の、城の規模のわりには小ぶりな三層の天守閣は、『街道をゆく』にあるように落雷で焼失した五層の天守閣に替わる角櫓の改築版である。

津軽氏が心血注いで造った天守閣や石垣、古城のすべてが桜色に染まる……春は城跡を埋め尽くす桜がいっせいに開花する。その美しさもまた、弘前城が生んだ奇跡のひとつか。

生産量日本一のりんごと桜の城下町

最勝院五重塔　弘前城天守閣とともに、昔からこの町のシンボルとして親しまれているもののひとつに最勝院五重塔がある。国内最北端に建つ五重塔。第三代藩主・津軽信義が、津軽統一の戦いで戦死した敵味方の者を供養する目的で建立を始め、つぎの代の寛文七年（一六六七）に完成した。

和洋の伝統建築　市内には藩政時代の商家や蔵、武家屋敷が残り、見学ができるようになっているものも多い。また、かつての銀行、学校、教会など、明治時代の洋風建築なども数多く見られる。これら点在する伝統建築を訪ね歩くのも楽しい。

ねぷた　弘前の夏の風物。青森市の「ねぶた」とともに、青森を代表する祭りである。『三国志』や『水滸伝』などを題材に、勇壮な武者絵を描いた六十台もの扇ねぷた（灯籠）が市内を練り歩く。その眺めは美しく幻想的。祭りは平安時代の坂上田村麻呂《さかのうえのたむらまろ》による蝦夷《えぞ》征伐の凱旋に由来するという。また、扇ねぷたは、文禄二年（一五九三）に藩祖・津軽為信《ためのぶ》が京都滞在中、盂蘭盆会《うらぼんえ》に大灯籠をつくって出し、都人《みやこびと》に評判だったことに始まるという。

りんご　青森といえばりんご。なかでも弘前は生産量日本一を誇る「りんごのまち」。

ジュース、ワイン、ジャム、パイなど加工品も多彩だ。

会津若松城と『王城の護衛者』

『王城の護衛者』
講談社

実直で忠義、一大名として安泰だったはずの会津藩主・松平容保。だが世は幕末、時代の激流が容赦なく彼を襲う……。悲劇の人生を描いた短編。

「遠く府外へ立ち退《の》くべし」という慶喜の命を伝えた。

（どういうことだ）

と、容保は、もはや、政治というものがわからなくなっていた。

が、命に服せざるをえなかった。二月十六日、かれは藩兵をひきいて江戸を去り、会津若松へむかった。その帰国を見送る幕臣は一人もいなかった。隊列が遅々として進まなかったのは、隊中負傷兵が多いためであった。

二十二日、会津若松城に入った。容保にとって七年ぶりの帰国であった。帰城後、慶喜の恭順にならって謹慎屏居《へいきょ》し、京都の恩命を待った。

が、恩命のかわりに、会津討伐のうわさが聞えてきた。

やがてそれが事実となった。容保は何度か京都方へ嘆願書を送った。その嘆願書は数十通にのぼった。が、ことごとく容れられず、ついに奥羽鎮撫総督の討伐をうけることになった。容保は開戦を決意した。

会津藩は砲煙のなかに官軍を迎え、少年、婦人さえ刀槍をとって戦い、しかし敗れた。明治元年九月二十二日正午、容保は麻裃《あさがみしも》をつけ、草履を穿《うが》ち追手《おうて》門《もん》をひらかせ、城下を歩き、甲賀町に設けられた式場へゆき、降伏した。

容保の降伏を受けた官軍側の将は、薩摩人中村半次郎、長州人山県小太郎であった。のち容保は奥州斗南《となみ》に移され、その後数年して東京目黒の屋敷に移り、明治二十六年九月になって病み、十二月五日五十九歳で死んだ。

容保の晩年は、ほとんど人と交際《つきあ》わず、終日ものをいわない日も多かった。ただときに過去をおもうとき激情やるかたない日があったのであろう。

ある日、一詩を作った。旧臣たちはその詩をみて世に洩れることをおそれ、門外に出さなかった。

なんすれぞ大樹　連枝をなげうつ
断腸す　三顧《さんこ》身を持するの日
涙をふるう　南柯《なんか》夢に入るとき
万死報国の志　いまだとげず
半途にして逆行　恨みなんぞ果てん

暗に知る　地運の推移し去るを
目黒橋頭　杜鵑《とけん》啼く

『王城の護衛者』より

【会津若松城データ】
①鶴ヶ城、黒川城　②平山城　③蘆名直盛　④至徳元年(1384)。現在の天守閣は昭和40年の再建　⑤本丸、二の丸、西出丸、北出丸、石垣、堀など(国指定史跡)　⑥福島県会津若松市追手町　⑦若松城管理事務所　☎0242-27-4005　⑧城が翼を広げた鶴を思わせることから蒲生氏郷が「鶴ヶ城」と名付けたという。

●問い合わせ
会津若松市役所観光課　☎0242-39-1111
●城へのアクセス
JR磐越西線会津若松駅より市内循環バス「鶴ヶ城北口」下車、徒歩5分

戊辰戦争最大の激戦地

悲劇の藩主であり、会津若松城の主である松平容保《かたもり》の生涯を描く『王城の護衛者』は、昭和四十年秋に発表された。

「鶴ヶ城」の名のほうが通りのいいこの城は、戦国時代に会津盆地を支配した蘆名《あしな》氏の黒川城が発祥である。

豊臣秀吉の天下統一後、東北地方の諸将に睨みをきかせるため、蒲生氏郷《うじさと》が四十二万石（後に九十二万石に加増）で会津に配置された。文禄元年（一五九二）、氏郷は黒川城を整備拡張し、七層の大天守閣がそびえる近代城郭に造り替えたという。

東北地方の諸将がこれまで見たこともなかった壮大な規模を誇るこの城は、豊臣政権による奥州支配の象徴的存在でもあった。しかし、氏郷の築いた天守閣は地震により倒壊、関ヶ原の戦後に四十万石で入封した加藤嘉明の子の明成によって、五層の天守閣に建て替えられている。

その後、この城の主となったのが、譜代保科《ほしな》家、のちに改称して松平家となる。幕末、戊辰戦争で大役を果たした会津藩二十三万石である。徳川政権の安全・安定を図るため

会津若松城縄張り図

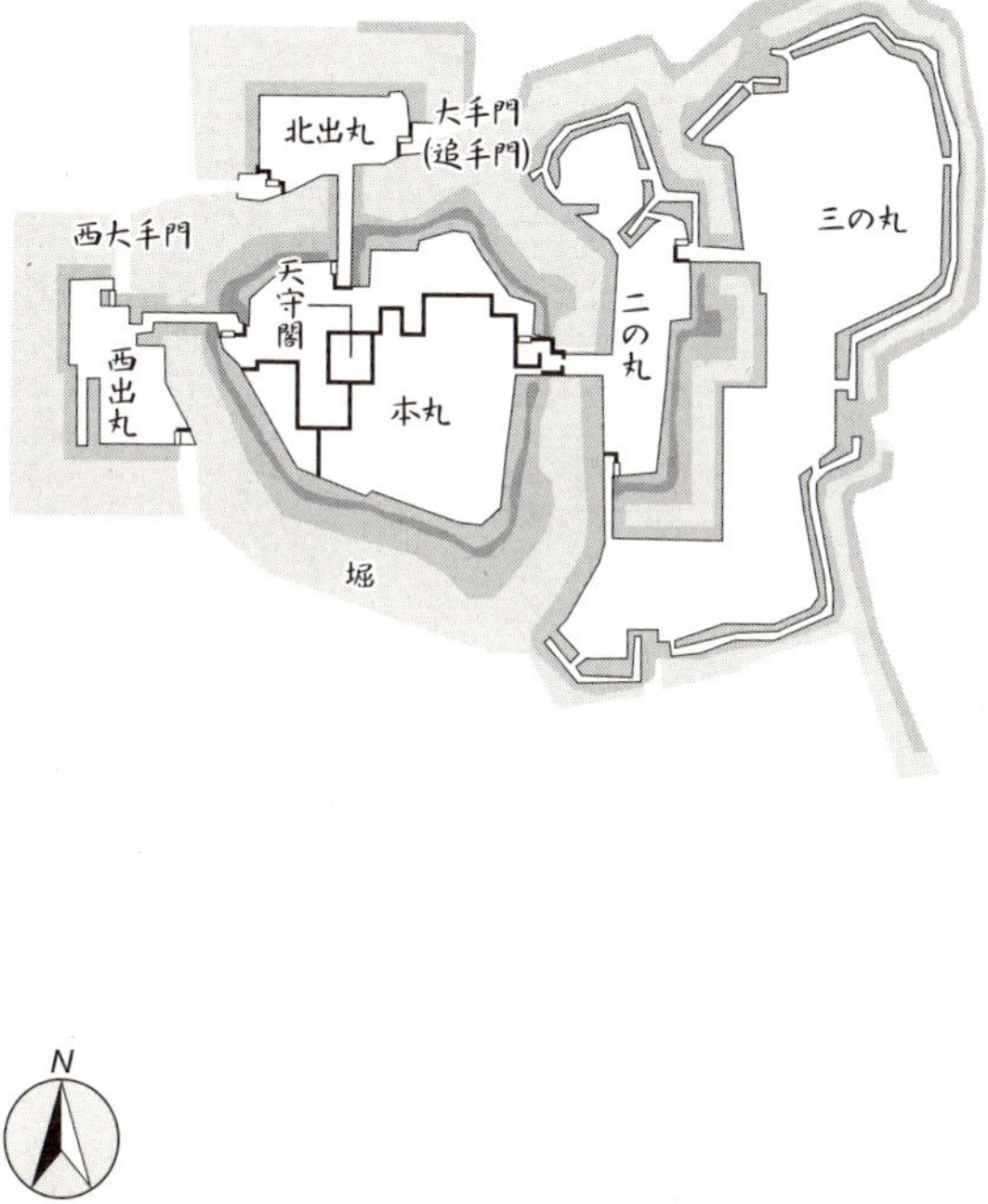
北出丸
大手門
(追手門)
西大手門
天守閣
西出丸
本丸
二の丸
三の丸
堀
N

の東北の押さえとしての配置だった。

幕末の藩主・松平容保はその期待に応え、佐幕を貫く。幕府崩壊後も奥羽越列藩同盟の盟主として官軍と戦った。

会津藩が「徹底抗戦」を期する戊辰戦争は、老若男女を巻き込んだ藩をあげての総力戦。白虎《びゃっこ》隊や婦女子の殉死など、多くの悲劇を生んだ。

鶴が翼を広げる姿にも似た白亜の優美な天守閣。その眺めは江戸時代と変わりないように思われる。しかし、現在の天守閣は昭和四十年に再建されたものである。

戊辰戦争の際、この城と籠城する会津藩兵に対して、官軍は激しい砲撃を加えた。西洋式新型砲の威力は絶大で、「鶴」のようなといわれた天守閣は被弾してボロボロ、見るも無惨な姿になったという。そのさまを歌ったのが唱歌「荒城の月」である。しかし、ほとんど崩れ落ちそうになりながらも城は落ちなかった。籠城は一カ月にもわたり、会津藩の意地をみせた。

城は、もとの美しい姿に再建され、藩政時代から変わらぬ会津のシンボルとしてこの地の人々に愛されている。

幕府に忠誠を尽くした悲劇の町

麟閣　千利休の子である少庵《しょうあん》は、利休が豊臣秀吉に切腹を命じられた後、時の藩主・蒲生氏郷に匿《かくま》われ会津に移り住んだ。そのときに城内に建てた茶室。明治になって城が取り壊される際に城下へ移築、保存されていたが、平成二年に城内の現在の場所に再移築された。

飯盛山・白虎隊墓所と記念館　白虎隊の悲劇で知られる飯盛山。戊辰戦争の際、十五〜十七歳の少年たちで結成された白虎隊は、山腹から見えた市中の火災を鶴ヶ城落城と勘違いして自刃した。山中には白虎隊士の墓所のほか、討死にした婦女子二百名の霊を慰める会津藩殉難烈婦碑、戊辰戦争や白虎隊の資料を展示する記念館などがある。

旧滝沢本陣　鶴ヶ城から飯盛山へ向かう途中の旧白河街道筋、滝沢峠の入口に設けられた本陣で、参勤交代で江戸へ向かう藩主が休憩に使ったもの。戊辰戦争では会津藩の前線司令部として使用され、当時の戦闘の激しさを物語る弾痕や刀傷なども残っている。

東山温泉　湯川沿いにある東北有数の名湯。天平年間（七二九〜七四九）に僧・行基《ぎょうき》が発見したものと伝えられる。昔から城下町会津の奥座敷として栄え、現在も二十軒近くの旅館やホテルが立ち並ぶ温泉街がある。

関東・甲信越篇

川越城と『箱根の坂』

『箱根の坂』
講談社文庫

鞍作りの伊勢新九郎が、京から駿河へ下り、やがて北条早雲として関東一円の覇者となる――その数奇な人生を痛快に描いた長編小説。

荒川中流の両岸の野には、城が多い。

扇谷《おうぎがやつ》上杉定正《さだまさ》が拠《よ》るのは川越城である。

これに対し、山内《やまのうち》上杉顕定《あきさだ》は、鉢形《はちがた》城に拠っていた。

ほかに、蕨《わらび》、大和田、岩槻《いわつき》、三ツ木、菖蒲《しょうぶ》、忍《おし》、深谷《ふかや》、本庄、金窪《かなくぼ》、雉岡《きじおか》などがあり、また、勝呂《すぐろ》、菅谷《すがや》、松山、天神山などが両軍の拠点で、敵味方が入りまじっているといっていい。

（この広闊《こうかつ》な野で、城でも築かねば、軍兵《ぐんぴょう》の集散のしようもあるまい）

と早雲はおもった。

どの城も、最初は地頭の居館程度であったのが、両軍の十余年の戦いのあいだにしだいに攻防のための結構をととのえるようになった。いざというとき、大軍を一ヵ所に集めるには、平素、相当な人数を収容できる城をつくっておかねばならない。このため、両上杉《りょう》は、この北部武蔵《むさし》のせまい境域をいわば将棋の盤として、駒数《こまかず》ほどの城をもっていた。

なかでも、定正が拠る川越城はぬきんでて規模が大きかった。かつて太田道《どう》真《しん》・道灌《どうかん》父子が江戸城とともに築城したもので、多くの土塁と濠《ほり》が複雑に組みあわせられ、平場《ひらば》の城である弱点がみごとに解決されていた。

大手門は、南にひらかれている。その前面にも三日月型の土塁がそびえ、空《から》堀《ぼり》がうがたれていて、門内に入るとさらに堀と土塁があって二重に敵をふせいでおり、それを入ったところが三ノ丸である。

早雲は、三ノ丸の西側の内曲輪《うちぐるわ》をあたえられた。そこには建物がなかったため、大いそぎで小屋掛けをした。

「貴殿は、外様《とざま》である。であるのに、大手門の内側に入れていただいたことをありがたく思ってもらわねばならない」

と、申次《もうしつぎ》の者から恩に着せられた。

早雲は、毎日本丸に伺候した。

内曲輪から本丸へゆくには、三ノ丸外曲輪と八幡《はちまん》曲輪をへて二ノ丸に入り、しかるのちに本丸の台上にのぼる。

これらの設計のみごとさを見るにつけ、亡き道灌という人物の尋常《ただ》ならなさがわかった。

そのことで定正にほめると、定正は道灌を謀殺した男だけに、いい顔をせず、

「城は、怯者《きようしや》のための穴だ。わしは野外で運命をきめる」

と、方角外れの返答をした。

『箱根の坂』より

【川越城データ】
①初雁城、霧隠城　②平山城　③太田道真、道灌　④長禄元年(1457)　⑤本丸、堀、櫓跡(県史跡、一部県文化財)など　⑥川越市郭町　⑦川越市立博物館　☎049-222-5399　⑧城内には童謡「通りゃんせ」に登場する三芳野天神が祀られる。また、敵の攻撃の際、蓋を開くと霧が立ち込めて城の姿を覆い隠したとされる伝説の「霧吹きの井戸」がある。※平成23年3月(予定)まで休館

●問い合わせ
川越市役所観光課　☎049-224-8811
●城へのアクセス
西武新宿線本川越駅、または東武東上線・川越市駅、JR川越線川越駅から東武バスで「札の辻」下車、徒歩10分

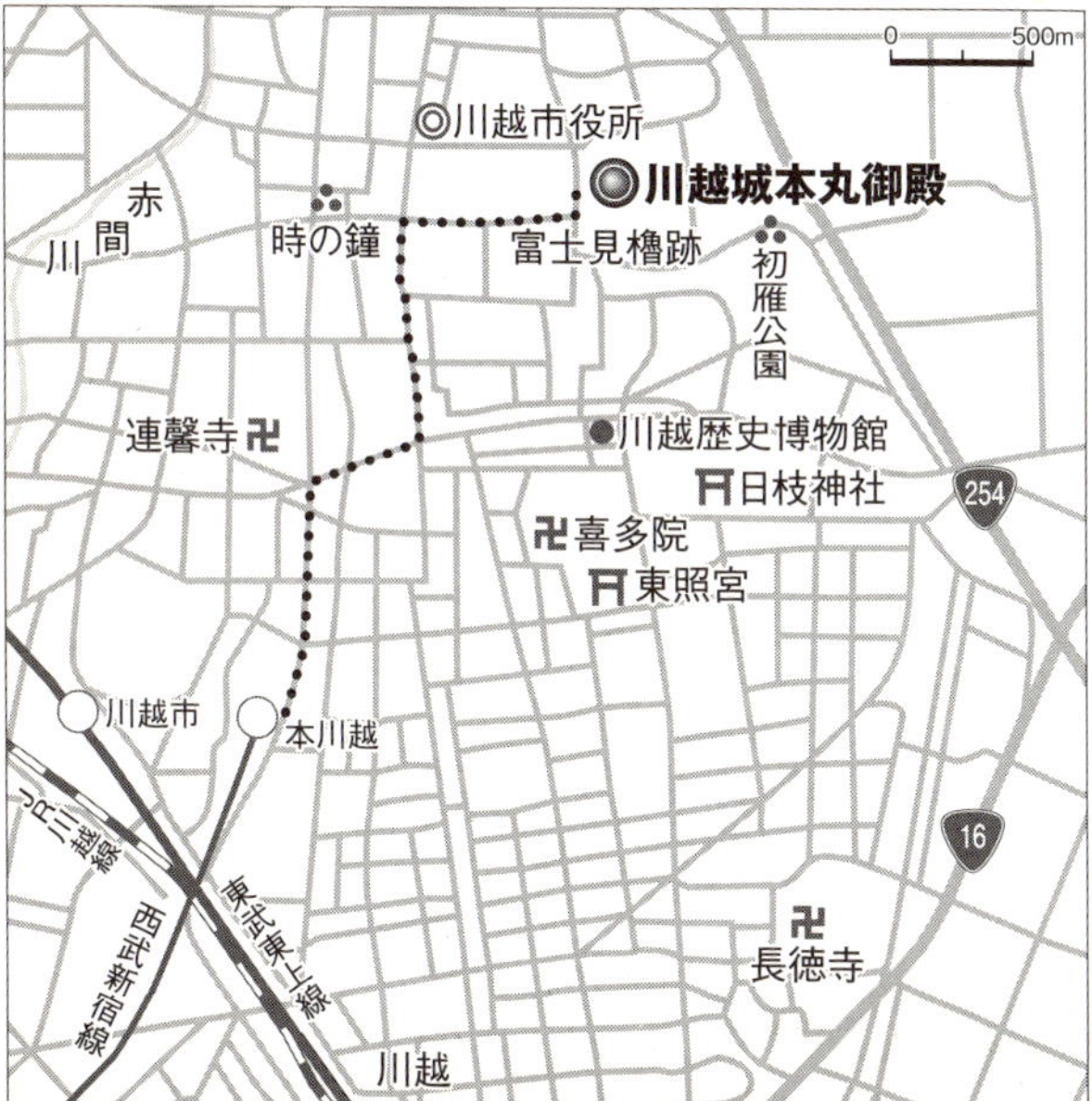

「河越夜戦」で名を馳せた城

戦国時代の幕を開けたといわれる北条早雲の物語『箱根の坂』に、「北部武蔵」で「川越城はぬきんでて規模が大きかった」とある。

川越は「蔵造り」の町だ。白壁の土蔵や見世蔵が立ち並ぶ町並みには、「だるま市」で知られる喜多院、東照宮、川越城の鎮守・氷川神社など、多くの神社仏閣が点在する。川越の町には城下町の風情があふれている。

が、しかし、城下町というには城の存在感があまりない。町のどこを歩いても見上げるような天守閣はなく、また、堀や石垣もない。

この町に城があったことを物語る筆頭は、本丸御殿だろうか。嘉永元年（一八四八）、時の藩主・松平斉典《なりつね》によって造営されたもので、かつては十六棟の壮大な規模を誇ったが、遺構は、玄関と大広間、家老詰所にあたる一部分のみ。それでも、江戸時代の代表的御殿建築、堂々たる構えから往時の壮大な姿が想像される。

そのほかに城の痕跡というと、本丸跡の土塁の一部と富士見櫓跡ぐらいか。川越藩十七万石の威容は、明治維新とともに消えてしまった。

しかし、かつてここに関東有数の大城郭があったことは確かだ。

川越城の歴史は、江戸時代よりは、戦国時代までさかのぼったほうが華々しい。長禄元年（一四五七）、関東管領《かんれい》上杉持朝《もちとも》が、古河公方《こがくぼう》足利成氏《しげうじ》に対抗するために、太田道真・道灌父子に命じて築かせたことによってその歴史は始まった。江戸城と並ぶ、扇谷上杉氏勢力の防衛拠点としての城である。当時の関東では有数の規模を誇り、また、土塁や堀と周辺の湿地に囲まれて守りは堅かったという。

その後、川越城は小田原を根拠地とする後北条氏の支城となる。天文十五年（一五四六）、この城を関東公方や上杉氏など、八万の軍勢が囲んで攻めた。絶体絶命の城の危機、救援に向かった北条氏康は、八千の小勢で夜陰に紛れて奇襲、圧倒的な大軍を敗走させた。これが有名な「河越夜戦」である。

奇襲成功の要因のひとつには、大軍に攻められても持ちこたえた川越城の堅牢さがあった。後北条氏奇跡の勝利の舞台として、語り継がれる城である。

水路の交易で栄えた「小江戸」

時の鐘と蔵造りの町並み　川越の中心部には、黒漆喰《しっくい》の塗壁に瓦葺《かわらぶ》き屋根、古い蔵造りの商家が三十数棟軒を連ねる。もともとは、江戸時代中頃、幕府が火災に強い蔵造りの建築を奨励したことによる。現在残る多くは、明治二十六年（一八九三）の川越大火の後に建てられたもの。また、この町並みの中ほどに、川越のシンボルとして知られる時の鐘がある。高さ十六メートル。寛永年間に、当時の城主・酒井忠勝が建てたのが最初。現在の鐘楼は川越大火後に建てられた四代目にあたる。今もなお一日に四度、時を告げて鳴り響く鐘の音は、環境庁（当時）の「残したい日本の音風景百選」に選ばれている。

喜多院　江戸城から移築した家光生誕の間や、春日局化粧の間などがあり、五百羅漢も人気スポット。正月はだるま市でにぎわう。

氷川神社　六世紀頃に創建されたという歴史を誇る、川越の総鎮守。現在の本殿は嘉永二年（一八四九）に完成したもので、「江戸彫」と呼ばれる細やかな彫刻がみごと。

川越まつり　小江戸・川越の秋を彩る、氷川神社の例祭。十月第三土曜・日曜開催。江戸の名工の手によって細工を施された豪華絢爛《けんらん》な二十九台の山車《だし》が練り歩く、そのきらびやかなさまは必見。

江戸城と『箱根の坂』『幕末』

『**箱根の坂**』
講談社文庫

『**幕末**』
文春文庫

鞍作りの伊勢新九郎が、京から駿河へ下り、やがて北条早雲として関東一円の覇者となる——その数奇な人生を痛快に描いた長編小説。

幕末という動乱の時代を、十二の暗殺事件で描き出した短編集。変に唯一参加した薩摩藩士・有村治左衛門に焦点を当てた「桜田門外の変」を収録。

関東は、北が強く南が弱勢だった。

京の将軍は北の成氏ふせぎのために、南に対し、

——城をつくれ。

と、命じたのである。この命によって、道灌は武州岩槻《いわつき》、武州川越《かわごえ》に城を築き、居城として、当時、浜に漁村の点在するにすぎなかった江戸の台上に江戸城を築いた。

それまでの城といえば山城で、山塞《さんさい》というようなものにすぎなかったが、江戸城は平地に設けられたという点で劃期《かっき》的であり、かつ自然の地形と人工の堀を掘り、土居《どい》（土塁）を築き、さらには複数の郭《くるわ》を組みあわせることによって、防禦力《ぼうぎょりょく》の点で従来の居館とはまったく異る土木を独創した。

道灌の名声の何割かは、かれが設計した斬新《ざんしん》な構造をもつ江戸城が負《お》っている。

早雲も、

——江戸城をつくった道灌。

ということで、道灌への尊敬をいっそう重くしていた。

道灌には、文事のつきあいが多かった。当時中央の高名な詩僧をこの城にまねいて詩の会をひらいたり、宗祇《そうぎ》をまねいて連歌の会を催したりした。かれらの幾人かが、江戸城の印象について詩や文章をのこしているために、ほぼその様子を想像することができる。

城郭を、後世いうところの本丸、二ノ丸、三ノ丸の三つの区域にわけ、それぞれが半独立し、三つの区域のあいだには飛橋《ひきよう》がかけられていた、というが、これがのちでいう跳開橋《はねばし》であったかどうかは、よくわからない。

三つの区域でもっともひろいのは三ノ丸で、土居がめぐらされ、土居の上は石積《いしづみ》でかためられていた。この時代、城に石型が用いられなかったが、道灌は土塁の防禦力《ぼうぎよりよく》をつよくするために巨大寺院の石垣を築城に導入し、基礎は土塁、上部の一部は石塁といった構造をつくった。

城門はすべて二十五門あり、門の両側は石でできていたというが、江戸付近には巨石がすくないため、ほどほどの石を無数に積んで二十五ヵ所の開口部の袖垣《そでがき》をつくっていたということであろう。また門扉には、火矢《ひや》をふせぐために鉄板が張られていた。

どの堀も思いきって深く、つねに水をたたえていた。水といえば城中の井戸は五、六ヵ所で、これも涸《か》れるということがない。

城外の野についても配慮されていて、敵が攻めてきた場合、これを自然に伏兵《ふくへい》・埋兵《まいへい》の場所まで誘導するように仕組まれていた。

『箱根の坂』より

降雪がますます激しくなっている「来た」

「いや、尾張侯」

と、治左衛門は答えた。薩摩の幼児遊びに諸侯の紋所を覚える遊びがあるから、治左衛門は遠目の直覚でわかる。

その行列が桜田門に消えたころ、井伊家の赤門が、さっと八ノ字にひらいた。行列の先頭が、門を一歩。

やがて、一本道具を先に立て、いずれもかぶり笠、赤合羽という揃いに装《よそお》った五、六十人の行列が、きざみ足で、しずしずと押し出してきた。

総指揮者関鉄之助は、唐傘を一本、高目にさし、合羽、下駄《げた》、通行人といった行体《ぎょうてい》で、ゆっくり井伊の行列にむかって歩いてゆく。そのあと、佐野らがつづいた。

佐野は羽織のヒモを解《と》こうとしたが、関は空を見あげたまま、

「まだまだ」

という。

左組の治左衛門は、松平大隈守《おおすみのかみ》の長い塀のあたりを、数人で歩いている。

行列の先頭は、やがて治左衛門の眼の前をすぎ、二、三十歩進んだ。

(まだか)

合図に短筒《たんづつ》が鳴るはずである。

行列の先頭が、松平大隅守屋敷の門前の大下水《おおげすい》まで達したとき、かねて辻番小屋の後ろにひざまずいていた先頭襲撃組の森五六郎がにわかに飛び出してきて、

「捧《ささ》げまする、捧げまする」

直訴人のような連呼をした。

「なんだ」

と、先頭にある井伊家の供頭《ともがしら》日下部三郎右衛門、供目付《ともめつけ》沢村軍六の二人が近づいた。そのとき、森は、ぱっと自分の笠をはね、羽織をぬぎすてた。すでに白鉢巻、襷《たすき》を十文字にかけており、ツツと雪を蹴ってかけてきたかとおもうと、いきなり供頭を斬りさげた。

「あっ」

と斬られながらも刀のツカに手をかけたが、抜けず、第二撃で斃れた。この降雪のために、井伊家の供廻りは、すべて刀にツカ袋をかぶせ、鞘は羅紗《ラシャ》、油紙製のサヤ袋をかぶせ厳重な雪支度をしていた。ツカ袋のヒモを解かないかぎり刀はぬけない。

「狼藉者《ろうぜきもの》」

と叫んだ供目付沢村軍六も、踏みこんできた森に右袈裟真二つに斬られた。

さらに井伊家にとって不幸だったのは、このとき、轟《ごう》っと空で風が巻き、雪が舞い、視界五、六尺というほどにはげしくふりはじめたことである。

『幕末』より

【江戸城データ】
①千代田城　②平城　③太田道灌　④長禄元年(1457)　⑤桜田門、清水門、田安門(以上国の重要文化財)、天守閣跡、大番所、百人番所、富士見櫓、富士見多聞、大手門渡櫓、石垣、堀など(国指定史跡)　⑥東京都千代田区　⑦皇居東御苑　☎03-3213-2050　⑧道灌は、将軍足利義政に謁見の際、この城を「富士の高嶺を軒端にぞみる」と歌って紹介している。富士見櫓から見た景色という。

●城へのアクセス
JR東京駅より徒歩10分

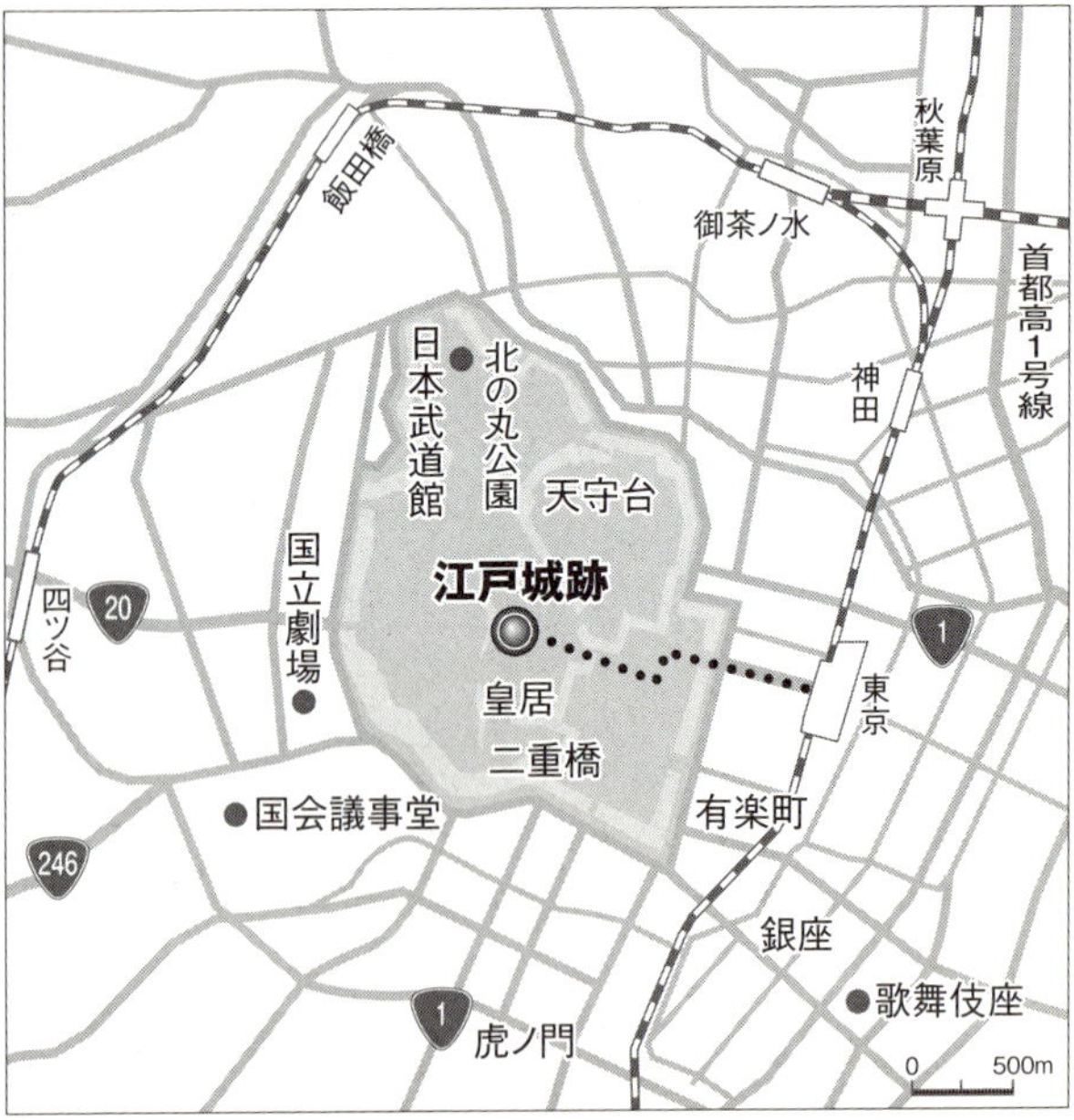

政治の中心を東方に変えた拠点

「道灌の名声の何割かは、かれが設計した斬新《ざんしん》な構造をもつ江戸城が負《お》っている」と、小説『箱根の坂』で司馬遼太郎はいう。

江戸城ができる以前の江戸は、遠浅の江戸湾沿岸にある寂《さび》れた漁村だった。湾内に船を浮かべてその村を見れば、こんもりと盛りあがった小さな丘がある。丘を囲む湿地や干潟は天然の外堀、要害だ。また、この地は武蔵国と下総《しもうさ》国の国境、関八州のほぼ中心であり、いくつもの川が入り組む江戸湾岸の交通の要衝でもある。「まさしく関東の要《かなめ》」。関東管領・扇谷上杉家の家老である太田道灌は、北関東から迫りくる古河公方の勢力に対する防衛拠点として、長禄元年（一四五七）、ここに江戸城を築く。

道灌の江戸城の縄張りは壮大で画期的なものだった。これまでの山城とは違って平地に築かれた城である。人工の堀によって隔たれ独立した複数の郭を組み合わせて防御力を強化し、平地の守りの不利を補っている。「難攻不落」「名城」との評価も高く、道灌の名声を高めたという。

江戸城はその後、後北条氏の支配下となる。さらに後北条氏の滅亡後、関八州は徳川家康の手に。当時、関東の中心は後北条氏の城下町・小田原だった。関東の西隅にあって広い領地を統治するには不向き。そこで関八州の中心に当たる江戸に目をつけた家康はここを居城とした。

家康入城後、江戸城は時間をかけて増築を繰り返し、また、城下町もしだいに大きくなってゆく。関ヶ原の戦後に江戸幕府が成立すると、全国の大名を動員してさらに大規模な改修工事を行う。それは三十年以上、孫の家光の代にまでわたる大工事だった。道灌時代の本丸、二の丸、三の丸に加えて西の丸、西の下丸、吹上、北の丸など本城と呼ばれる部分だけでも周囲十六キロ。現在の千代田区全域と港区や新宿区の一部が外堀で囲まれた。現在の神田川もまた駿河台を掘削して造った「総構え」と呼ばれる城の防衛線のひとつだった。

明治維新によって徳川政権は瓦解し、江戸城は「皇居」となった。

皇居内は一般に開放されている部分も多い。大手門を入り、二の丸から本丸へと向かう。双方を隔てる白鳥堀沿いには、警備の武士たちが詰めていた同心番所が復元されている。さらに本丸へ入ると、木立ちに隠れるように「松之大廊下跡」の石碑が立っている。『忠臣蔵』の舞台だ。

本丸の一角には天守台の石組みも残っている。寛永十五年（一六三八）、ここに完成した天守閣は五層六階、高さ五十八メートル。徳川幕府の権威を誇示する壮大なものだったという。しかし、その命は短くわずか二十年後の明暦《めいれき》の大火で焼失。その後は再建されなかった。時代劇などでよく登場する天守閣だが、江戸時代のほとんどの間、ここに天守閣は存在していない。

竜馬の資料が神保町から消失？

上野・寛永寺　将軍家の菩提寺で、戊辰戦争における江戸での唯一の戦地。ここに江戸開城に反対する幕臣ら約千人が立て籠り、官軍と戦うもわずか一日で敗退する。寛永寺の伽藍《がらん》はほとんど焼失したが、徳川歴代将軍が眠る廟所などが現存。

台場　嘉永六年（一八五三）、異国船の脅威から江戸を守るために築かれた砲台跡。現在も、城塞のように堅牢な石垣を組んだ台場が残る。

神田古書店街　明治になると周辺に多くの学校が創設され、神田神保町の商店街には学生向けの古書店が軒を連ね、今は有数の「古書の街」として知られ、本好きが集まる。竜馬を描こうとした司馬遼太郎が資料を漁ったため、神保町から竜馬の資料がすべて消えたという逸話も残る。

井伊直弼《なおすけ》と桜田門外の変

末子として不遇の時代を経て彦根藩主となり、幕府大老にまで出世した井伊直弼。勅許《ちょっきょ》を得ず通商条約に調印、「安政の大獄」によって反対派を徹底的に弾圧した。名宰相か独裁者なのかは判断の難しいところだが、その強すぎる意志と苛烈な政策は方々の恨みを買う。とくに藩主・徳川斉昭《なりあき》を謹慎させられた水戸藩士の反発は強かった。その怒りがついに爆発。安政七年（一八六〇）三月三日に起こったのが「桜田門外の変」である。江戸城の桜田門前で、登城する直弼が乗る駕籠《かご》が襲われた。暴漢は、水戸藩を中心に薩摩藩を含む、尊王攘夷思想をもつ脱藩浪士たち。この襲撃で直弼はじめ八人が死亡し、十三人が負傷した。城門の前で登城中の幕府要人が襲われる。この事実に武士階級はもちろん、「もう徳川の世も終わりか」と、江戸の庶民も驚いた。

太田道灌

「下剋上」が横行する殺伐とした戦国時代の直前、旧時代の美風を代表する武将である。永享四年（一四三二）、関東管領・扇谷上杉家の家宰である太田資清《すけきよ》（入道して道真）の子として生まれ、幼少の頃から秀才としてその将来を嘱望されていたという。学問にも熱心で足利学校に学び、歌人としても時代を代表する人物であった。

武将としての力量も素晴らしい。家督を継いだ後は、江戸や川越に地盤を築き、扇谷上杉家の勢力拡大に貢献する。とくに江戸城の築城は、彼の名を大きく高めた。関東を支配する要の地に、複数の郭からなる難攻不落の堅城。この城の重要性は、後に関東の支配者となった徳川家康も大いに認めるところで、江戸は徳川政権の首府として発展してゆく。まさに英雄の心は英雄のみぞ知るといったところだろうか。

しかし、家康とは違って、一方の英雄・道灌の最期は悲劇的だ。上杉家内の対立から生まれた策謀により、道灌の裏切りを疑った主君の上杉定正《さだまさ》によって暗殺されている。

小田原城と『箱根の坂』

『**箱根の坂**』
講談社文庫

鞍作りの伊勢新九郎が、京から駿河へ下り、やがて北条早雲として関東一円の覇者となる——その数奇な人生を痛快に描いた長編小説。

箱根を越えて小田原を奪取したものの、早雲はこのあと華やかであったわけではない。

かれは本拠を相変らず伊豆韮山《にらやま》に置き、生涯そうだった。伊豆衆や駿河《するが》の東部の興国寺衆、あるいは葛山《かつらやま》衆をはなれて、早雲は存在しがたい。

ただ、たえず小田原にきては、普請《ふしん》（土木）や作事（建築）の監督をした。関東第一の堅城をつくるためであった。

といっても、豪華な城ではない。城域を拡張し、旧城館を本丸とし、幾重にも堀をうがち、その土を搔《か》きあげて土塁をつくり、四方に柵《さく》を植え、多数の櫓《やぐら》を組みあげた。

宏大《こうだい》な外堀（総構《そうがまえ》の堀）には、いくつかの城門を設けた。早川口、板橋口、荻窪口、酒匂《さかわ》川口、井細田口、山王口……といったふうであり、総構のなかには籠城《ろうじょう》にそなえて田畑まである。むろん、侍屋敷は本丸をかこんでびっしり建てならべ、いざというときの城内での砦《とりで》になるばかりか、侍どもをその領地に置かず、城内に常駐させるという点で、あたらしい思想をうち出していた。

それまで地頭《じとう》・国人《こくじん》・地侍《じざむらい》は、山野の中の木のようにかれの村落に住んでいたが、それを根ぐるみひきぬいて城内に移し植えたといっていい。

そのかわり、侍どもが不在になった村落は、伊豆方式で、早雲が任命する行政官的な地頭が広域にわたって統治した。

早雲が小田原城に入るとともに、西相模《にしさがみ》の多くのひとびとは賀《が》を述べにきて、臣従を誓った。近代的な概念でいえば大森時代は多分に大森氏と地頭たちは契約の関係に似ていたが、早雲の方式ではそれ以上につよい関係になり、文字どおり主従といってよかった。早雲はかれらの面倒を丸抱えで見るかわり、かれらも早雲を絶対の主人として仕えるというぐあいになったといっていい。

といって、早雲の勢力がにわかに強大になったわけではなく、相模の東半分を三浦道寸《どうすん》が持っており、早雲の小田原奪取によって、三浦氏とは断交になった。三浦氏の勢力のほうがはるかにつよかった。

(道寸入道とは、正面から戦えぬ)

と、早雲はおもっており、このためもあって小田原城の規模を大きくし、侍という侍は城内に常住させたのである。

三浦道寸は、鈍重だった。

もしかれが軽快な戦法をとる男なら、早雲が小田原奪取をしたときに急襲してきたであろう。そうすれば道寸は勝ったにちがいないが、しかしそれをせず、軍勢が多数あつまるまで気長に待った。そのうちに小田原城の工事は急速に進んだ。

早雲が小田原城を手に入れたのは、六十四歳のときである。

かれがその死によって現役を終えるのは八十八歳だから、小田原奪取のときにはまだ二十四年の人生が残されている。尋常な長命ではない。

『箱根の坂』より

【小田原城データ】
①小峯城、小早川城　②平山城　③大森氏など諸説　④室町時代（15世紀中頃）と推定されるが不明。現在の天守閣は昭和35年に復元されたもの　⑤本丸、二の丸、三の丸などの近世城郭、後北条氏以前の諸郭、大外郭など（一部国指定史跡）　⑥神奈川県小田原市城山　⑦小田原城　☎0465-23-1373　⑧復興天守閣は、3重4層本瓦葺きで総瓦数6万3440枚。昭和35年当時の総工費は約8000万円。

●問い合わせ
小田原市役所観光課　☎0465-33-1521
●城へのアクセス
JR東海道新幹線・本線、小田急線小田原駅より徒歩10分

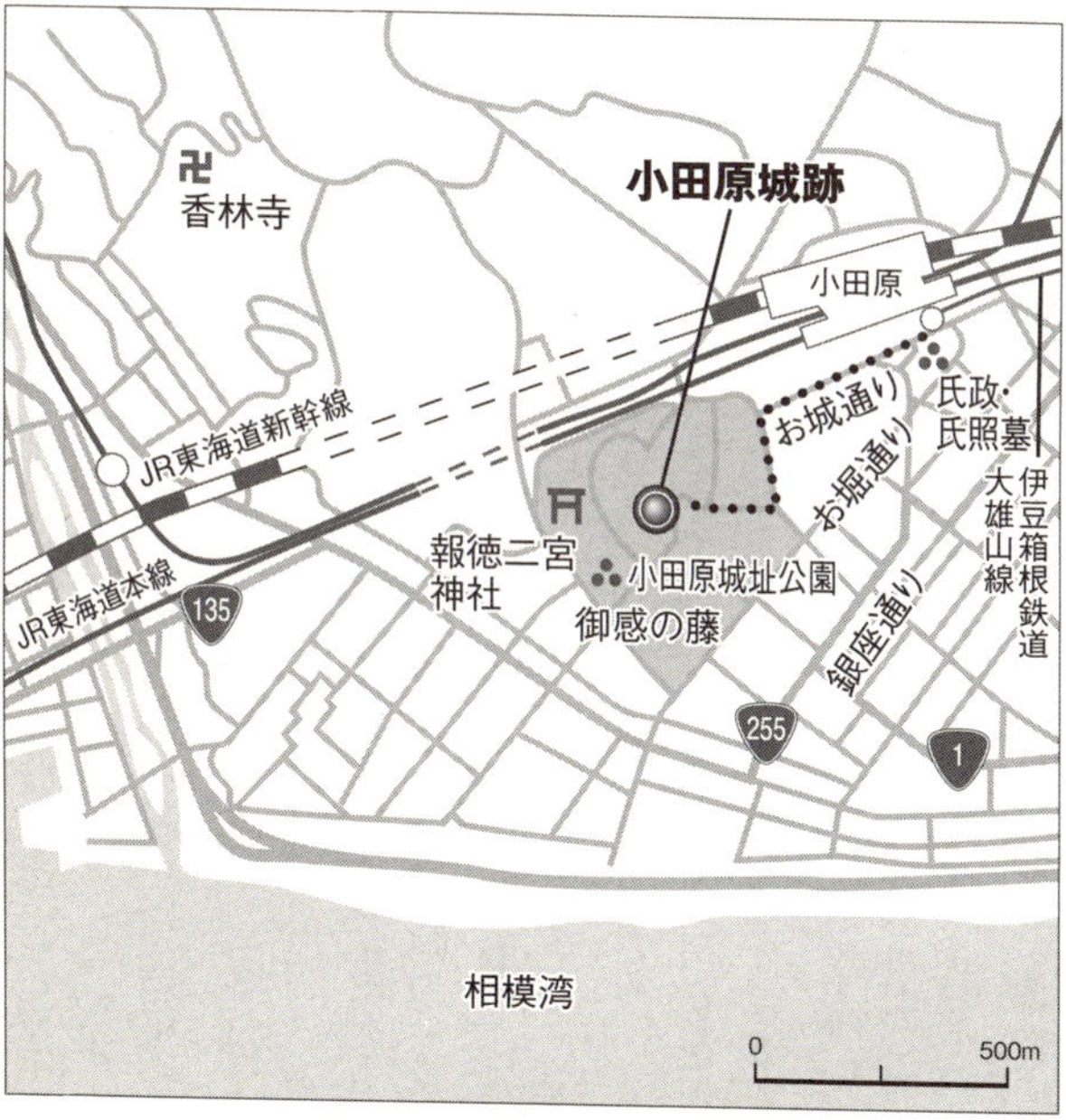

大城郭が「評定」で滅びる

「関東第一の堅城」「といっても、豪華な城ではない」。北条早雲の生涯を描く『箱根の坂』で、小田原城はそう語られる。

関東を支配した後北条氏の本拠・小田原城の落城で、戦国時代は終焉《しゅうえん》したといわれる。天下随一の堅城を攻めるのに、豊臣秀吉は二十万もの大兵力を動員。それは戦国の最後を飾るのにふさわしい大合戦だった。その後、城は大改造されたが、関東随一の名城だった頃の残香は随所に感じることができる。

小田原城跡は小田原駅に近い。列車の車窓からも天守閣を仰ぎ見ることができる。

この天守閣は、昭和三十五年、市制二十周年の記念として復元されたもの。高さ七十メートルの天守閣最上階からは相模湾が望める。寛永十一年（一六三四）、三代将軍・徳川家光がこの城を訪れたときに、天守閣に上りその絶景を愛《め》でたという記録が残る。

現在の小田原城の縄張りは、後北条氏の滅亡後、徳川家康の腹心・大久保忠世がこの地に入封してから大改造されたものだ。

応永年間（一三九四〜一四二八）での大森氏の築城が起源とされ、北条早雲が謀略によって城を奪ったときもごくふつうの城塞だった。しかし、早雲をはじめ後北条五代の頭領たちは、この城を本拠に関東一円に支配領域を広げてゆく。その過程で城は拡張され、その様相を一変させた。

後北条時代の小田原城は石垣も天守閣もなく、土塁や郭が並んでいたというが、その規模は壮大なものだった。小田原の町全体をすっぽりと土塁と空堀が囲む延長九キロの総構えは、秀吉の大坂城の総構えよりも広大。その規模は日本最大級だった。

この総構えにより、小田原城は戦国時代屈指の堅城となった。上杉謙信や武田信玄も、この城を落とすことはできなかった。当時最強の武田騎馬軍団も、深い空堀に行く手を阻まれ、なす術《すべ》なく撤退している。

確かに、現在の小田原城の白亜の天守閣は華麗、高々と積まれた石垣は壮大である。が、この城跡はかつての小田原城の一部でしかない。後北条氏時代の三の丸内に規模を縮小して造られた江戸時代の城の跡なのだ。

室町時代の築城を起源とする町

「小田原北條五代祭」 毎年五月の連休に催される小田原の名物祭り。関東を支配した後北条氏の遺徳をしのぶもので、戦国時代の甲冑《かっちゅう》を身にまとった武者隊、鉄砲隊、騎馬隊など二千名にもなる武者行列が市内を練り歩く。

御感《ぎょかん》の藤 城址公園にある藤棚は、毎年四月下旬から五月上旬が花の見頃。花房が一メートルにもなる眺めは圧巻で、これを見た大正天皇を感嘆させたことからこの名がついた。

報徳二宮神社 「勤勉」の代名詞、江戸時代の農学者として知られる二宮尊徳（金次郎）は、天明七年（一七八七）、小田原の農家に生まれた。その遺徳をしのんで建立されたのがこの神社。農学、学問の神様として現在も多くの参拝客が訪れる。毎年十一月十七日には例大祭も催される。

蒲鉾《かまぼこ》 昔から小田原の名物として知られてきた。相模湾で獲れる新鮮な魚を原料に、箱根丹沢連峰から湧き出る地下水を使ってつくるのが、おいしさの秘密なのだとか。この町で蒲鉾づくりが始められたのは天明年間（一七八一〜八九）のこと。東海道をゆく旅人や参勤交代の大名たちが味わって絶賛。しだいにその名声が全国に広がっていったという。市内には江戸時代から続く老舗《しにせ》の蒲鉾店も多い。

早雲と後北条氏

北条早雲は当初、伊勢新九郎と名乗っていた。駿河守護・今川義忠に嫁いでいた妹・北川殿を頼り、応仁の乱後、駿河に移住。ここで北川殿の生んだ甥の氏親を擁立して今川家の家督争いに加担、これに勝利して駿河・興国寺城主となる。その後、堀越公方の家督争いで伊豆が乱れると、延徳三年（一四九一）、それに乗じて出兵、伊豆一国を奪い国主となる。戦国時代はこの時に幕を開けたといわれている。

早雲の野望はさらに関東へ。出家して「早雲庵宗瑞」と名乗るようになった後、小田原城を奪って相模国を平定。さらにその息子の氏綱、孫の氏康と名主が続き、氏綱の時、「北条」に改姓、鎌倉幕府の執権だった北条氏と区別するために「後北条」とも呼ばれた。後北条氏はさらに版図を広げてゆく。氏康の代に公方や関東管領など、関東の旧勢力が動員した八万の軍勢を相手に、その十分の一に満たぬ兵力で勝利した「河越夜戦」で関東の覇権を奪う。しかし、四代氏政の頃より停滞期に入り、五代氏直の代に、ついに豊臣秀吉の「小田原攻め」により滅亡。当主の氏直は助命されたが高野山への配流《はいる》中に死ぬ。その後は親族である氏盛が北条氏を継ぎ、河内狭山《かわちさやま》藩一万一千石の大名として明治維新まで存続している。

躑《つつ》躅《じ》ケ《が》崎《さき》館《やかた》と「忍者四貫目の死」

『侍はこわい』所収

雑誌に発表されたまま単行本未収録となっていた八編を収めた短編集。伊賀・甲斐の忍者たちの知略戦を描いた「忍者四貫目の死」ほかを収録。

『侍はこわい』
光文社文庫

「まだ食えるか」

「米を買うてきなされ。啖《く》うてみせまするわな」

馬のように長い顔をほころばせた。存外元気者だし、甲州の忍者の世界でもこの男は顔がきいて、情報の収集にはおどろくほどに役にたった。

まず知道軒三左衛門とはどんな男なのか。どんな顔ツキでどんな能力をもつ忍者なのか、蚊羅刹は知らない。兄弟子とはいえ、二十年も甲斐にいる男を、若い蚊羅刹が知るはずがないのだ。

「造作はござらぬ。わしがしらべて進ぜる」

四貫目は、武田家の伊賀衆から、あれこれとききだしてきた。それによると、住まいは、信玄の居館である躑躅《つつじ》ヶ崎館《さきやかた》の中だという。

蚊羅刹は鼻でわらって、

「知れたことを。信玄手飼いの忍者なら城内にいるにきまっている。城内のどこじゃというのをきかなんだか」

「厠《かわや》じゃ」

「かわやじゃ？　雪隠《せっちん》か」

「いかにも。信玄の垂れる糞《ふん》とともに暮らしている。さぞ臭かろう」

クククと笑った。

ただの厠ではない。この厠の図面を、武田家滅亡後、遺臣大倉藤十郎《おおくらとうじゅうろう》という者が家康に献上したときに「信玄はこの厠を案出したことの一事をもってしても名将と知れる」と感嘆せしめたほどのものだ。武田家ではこの厠を、山という。山には草木（臭き）があるという意味というが、どうだろう。

堅牢な独立家屋がふた間に仕切られ、ひと間は浴室であり、他は厠である。浴室のユカ下から湯が流れ出て厠の不浄を洗いながすようにできている。忍者知道軒は、信玄の糞の落ちてくる厠の下に二十年も住み、信玄を敵国の忍者からまもる一方、時に応じて、厠の中で密命をうけるというのだ。

「忍者四貫目の死」より

【躑躅ヶ崎館データ】

①古城　②館　③武田信虎　④永正16年(1519)　⑤郭、土塁、堀、虎口、天守台、土橋など(国指定史跡)　⑥山梨県甲府市古府中町　⑦武田神社　☎055-252-2609　⑧信虎、信玄、勝頼の武田氏三代63年間の居館。戦国最強といわれた騎馬軍団を擁する甲斐の中心施設で、規模は巨大ながら実用本位の質素な造りだったという。

●問い合わせ

甲府市観光協会　☎055-226-6550

●城へのアクセス

JR中央本線甲府駅より山梨交通バス「武田神社」下車すぐ

戦国最強・武田軍団の館

「忍者四貫目の死」に登場する伊賀の忍者・知道軒三左衛門は、信玄の居館である躑躅ヶ崎館の厠《かわや》に住むという。

戦国最強の軍団を率いた武田信玄は、終生、城をもたず躑躅ヶ崎館で暮らした。堅固な城と違い、館の脆弱《ぜいじゃく》な土塁や堀に、防衛力はほとんど期待できない。弱肉強食の戦国時代、あえてこのような館を用い続けた理由はいかに。やはり名将の自信によるものか。「人は城、人は石垣、人は堀、情けは味方、仇は敵なり」とは、信玄の思想を最もよく表しているといわれる歌。領地の人心を掌握していれば城など不要、人の和はどんな堅牢な城郭にも勝る最強の防衛力といったところだろうか。歌自体も信玄作といわれている。

実際に信玄が本拠とした躑躅ヶ崎館跡を訪ねてみる。めざすのは武田神社。甲府の北、市街地のはずれに躑躅ヶ崎館跡がある。堀まで含めると、館の敷地は四万平方メートルあったといわれ、名門武田氏居館にふさわしい規模。今も堀や石垣、土塁が残る。信玄を祀る武田神社はその本館があったあたりという。

躑躅ヶ崎館は、永正十六年（一五一九）に信玄の父・武田信虎によって造られ、信虎、信玄、勝頼の三代が六十三年にわたって本拠とした。

甲斐、信濃、駿河、上野など、一時は百万石を超えるという広大な領国を支配した、天下にその名を知られる戦国大名の本拠としては、慎ましい印象である。

信虎の代には敵の来襲があるたびに近くの城塞に避難したという。しかし、信玄が甲斐を支配するようになってからは、そんな事態は起こらなかった。なぜなら、ただの一度も敵の侵攻を許したことがないからである。信玄の信望と戦国最強に成長した武田軍団の力があれば、堀も石垣も、ましてや城は必要なかったのだろう。

それに加えて、武田氏が堅牢な城塞を必要としなかった理由は、甲斐の地勢にあったともいわれている。館跡・武田神社から少し歩いて、高台からあたりを見回してみれば、険しく高い峰々がぐるりと囲む。天を衝《つ》くかのような大いなる城壁。武田氏が本拠とするこの甲府盆地そのものが、天然の要害だったのだ。

水晶とワインと……

甲斐善光寺　永禄元年（一五五八）、川中島の合戦で、信濃善光寺が戦火に遭うことを恐れた信玄が、その本尊の阿弥陀如来などを甲府に避難させて創建した。武田氏亡き後も、徳川家らの尊崇篤い名刹《めいさつ》。創建時の建物は後の大火で焼失、現在の金堂、山門は寛政八年（一七九六）の再建だが、入母屋《いりもや》造りの金堂は東日本最大の木造建築。竜の絵図が描かれた吊り天井は、その下で手を叩くと共鳴する、いわゆる「鳴き竜」として知られる。

長禅寺　天文二十年（一五五一）、信玄の精神的支柱にもなっていた名僧・岐秀元伯が開いた臨済《りんざい》宗の寺院。ここで信玄は儒学や帝王学を学んだという。また、信玄の母である大井夫人の墓所や重要文化財「絹本著色武田信虎夫人像」などもある。ちなみに「信玄」は元伯が与えた法号である。

信玄の墓　武田神社からほど近い場所に「信玄公墓」がある。また、このほかにも信玄の墓は大泉寺、恵林寺、長野県の諏訪湖畔、和歌山の高野山など多数存在する。これらは万一の場合を恐れて、その死とともに埋葬地を秘密にしていたために生まれた、信玄の人気を物語る事象だ。

ぶどう 甲州名物といえば水晶とぶどう。ジューシーな果実ももちろん美味だが、近年はワイン醸造も盛んで、訪れる者の舌を楽しませてくれる。

長岡城と『峠』

『**峠**』
新潮社

戊辰戦争の際、長岡藩を率いて戦った河井継之助。一藩士が、やがて家老となり「侍」としての正義を貫くに至るまでを描いた長編小説。

「まずは森立峠《もつたてとうげ》までしりぞき、山地の地の利を得て敵を阻《はば》む」


と、以後の方針をあきらかにし、諸隊ごとに退却するように命じた。諸隊士は激昂《げっこう》し、継之助につめ寄り、

「城を枕《まくら》に討死するこそ武士の本懐ではありませぬか」

と泣いてせまる者もいたが、継之助は一喝《いっかつ》し、「城は建物にすぎぬ。この建物をまもるために全藩がほろんでは何にもならぬ」と言い、剣を抜いて追いはらった。


城下が燃えはじめた。官軍が火をつけてまわっている。神田町、呉服町、長町、袋町の順で燃えてゆく。

継之助は城から落ちるさい、自藩の手で城を焼きはらおうとし、

「お三階に火をかけよ」

と、まわりの士《さむらい》に命じた。長岡城には天守閣というものがなく、お三階と

称する楼閣がそれに相当していた。命をうけて、飯田直太夫、須藤武左衛門、野村竜太郎、武山千三郎といった四人が駈《か》けだした。まず焔硝蔵《えんしようぐら》にむかって走った。焔硝をもって自爆させるためであった。

やがて四人は蔵から焔硝樽《えんしようだる》をはこびだし、お三階へゆき、戸障子をはずして重ね、焔硝をばらまき、飛びだしざま、松明《たいまつ》を投げ入れた。お三階は轟然《ごうぜん》と鳴動し、やがて火を噴きはじめた。

四人は、駈けた。駈けながら四人とも号泣した。お三階といえば長岡武士の結束の象徴のようなものであり、かれらはみずからの手でそれを焼いたことに気が動顚《どうてん》してしまっていた。

死のう、とたれからともなく叫びあい、焔硝蔵のある三ノ丸まで駈け降り、蔵にとびこみ、樽のふたをこじあけ、松明をたたきこんだ。

蔵が割れ、閃光《せんこう》が八方に飛び、やがて黒煙がゆるゆると天にのぼりはじめたときには四人の肉体は地上になかった。

前線から、遅々と退却してきた兵がぞくぞくと長岡城の諸門にあつまってきたが城内が焼けているため入ることもならず、堀ばたをあちこち駈けて行くさきに迷った。

が、それらに対し、継之助が残しておいた連絡者が馬で駈けてきては、

「森立峠へゆけ」

と叫んだ。そのうち地を裂くような爆発音が湧きあがった。鉢伏山《はちふせやま》にあった焔硝蔵が大爆発したということを、たれもが知った。その爆音のなかを、ひとりの娘が振袖《ふりそで》をひるがえして駈けた。

『峠』より

「ついに先行軍は新保《しんぽ》に達した」

という伝令をきいたとき、継之助の眉《まゆ》はかすかにひらいた。新保というのは、長岡市街の北東角である。

新保では短時間の激戦がおこなわれた。長岡軍は白刃をかざし、

「長岡に死ににきたぞ」

と、口々に叫びつつ敵塁におどりこんだ。長岡に死ににきたぞ、という叫び言葉は、継之助がとりきめて全軍に教えたものであった。これによって味方は死を覚悟し、敵は死に狂いの兵があらわれたとして戦慄《せんりつ》するであろうとみたのである。

「殺せ、殺せ」

と連呼しながら躍進してゆく隊もあった。これらの奮戦で新保守備の官軍は粉砕された。

新保の市民のよろこびようはむしろ異様であった。まだ天明いたらず、あたりは暗かったが、沿道の家々はことごとく灯をつけ、路上に水桶《みずおけ》を出し、みな

口々に、

「長岡さま、長岡さま」

と、進んでゆく兵をはげました。泣きながら叫んでいる町民もあった。

つづいて城北の新町まで突入し、さらに城にせまった。

この攻撃成功に米沢藩兵も行動をおこし、各方面から城外の官軍陣地を圧迫したため、官軍はついにささえきれず、

――富士川ノ平家ノゴトク。

といわれるほどの醜状で総崩れになった。継之助は城下に入った。

城の大手通には、町民がむらがり出ており、酒樽《さかだる》が山のように積まれ、なかには長岡兵と町民とが抱きあいながら「長岡甚句《じんく》」を唄《うた》い、輪を組んでおどる風景もみられた。

　お山の千本桜　花は千咲く
　なる実はひとつ

夜があけるにつれて町家の娘衆が総出で踊った。

〈中略〉

河井継之助は、御城の神田御門をもって指揮所ときめた。

建物ではない。石一つである。その門前の石に腰をかけ、

「戦さはこれからだで」

と、しきりに伝令を飛ばして各隊を指揮していた。兵は前夜来不眠であったから、死臭のただよう城内でかわるがわるに寝かせた。前線では間断なく大小砲の砲声がきこえたが、もう市街には敵はいない。

『峠』より

【長岡城データ】

①苧《お》引《びき》形《がた》兜《かぶと》城、八文字構浮島城　②平城　③堀直寄　④元和４年（1618）　⑤なし。長岡駅前と厚生会館前に城址石碑があるのみ　⑥新潟県長岡市城内町　⑦長岡市郷土史料館　☎0258-35-0185　⑧戊辰戦争の激戦地となった長岡。２度にわたる落城の果て、建物はことごとく焼失し、かつての長岡城の面影を伝えるものはほとんどない。長岡城本丸跡地が現在のJR長岡駅である。

●問い合わせ
長岡市役所観光課　☎0258-39-2221
●城へのアクセス
JR上越新幹線・上越線・信越本線長岡駅下車

官軍の進撃を阻んだ機関砲と士気

『峠』で司馬遼太郎は、「長岡城は、平野のなかの平城であり、攻撃を受けるとなればこれほどもろい城はないであろう」という。

上越新幹線の長岡駅で降りると、立派な駅舎と駅前広場がある。ここが、徳川譜代・牧野氏七万四千石の長岡城本丸にあたる場所。しかし、それを想像させるものは、何も残っていない。さらに丹念に駅周辺を歩いて、見つけられたのは、「大手口」の名と本丸跡の石碑、わずかに残る城壁のモニュメントだけだった。幕末の戊辰戦争で、城と町はことごとく焼き尽くされた。

長岡城は「大坂の陣」の戦功によって長岡に入った堀直寄が築城に着手した。堀氏は間もなく越後村上に転封。その後長岡に入った牧野氏が完成させ、以後十三代、城主として君臨した。

幕末、奥羽越列藩同盟に参加せざるをえなくなった長岡藩は「朝敵」「賊軍」とされ、官軍に攻められることになる。長岡は激戦地となった。このとき長岡藩兵・同盟軍を率いたのが『峠』の主人公・河井継之助《つぎのすけ》。巧みな戦術で、自軍に四倍する二万の官軍を大いに苦しめた。

長岡藩の拠点、長岡城は平野に造られた平城である。しかも七万四千石の小藩の経済力では、深い堀や高い石垣を造ることができない。城として攻められるには弱かった。わずかに、城下町の西側を流れる信濃川が外堀として機能し、官軍の進撃を阻んだという。

駅から一キロあまり歩くと信濃川が見えてくる。官軍はこの川沿いに敷かれた長岡藩の防衛線を突破して、城下町になだれ込んだ。もはや城の運命も風前の灯というときに、若き家老・継之助が入手した、一分間に二百発の銃弾を発射できる秘密兵器「ガトリング砲」がうなった。当時、日本に三門しかなかったうちの二門を長岡藩が所有していた。圧倒的火力で押し寄せる官軍をひるませるも、いかんせん多勢に無勢。長岡城はあえなく落城、撤退を余儀なくされる。その後も長岡藩兵の士気は衰えず、さらに増強された官軍とよく渡り合い、最初の落城から二ヵ月後、奇襲によって長岡城を奪還。しかし、大軍で圧倒する官軍の猛攻撃に遭って、再び落城した。

ガトリング砲は、河井継之助記念館、長岡市郊外の悠久山公園内にある長岡市郷土史料館、福島県の只見町、河井継之助記念館で見ることができる。郷土史料館は、かつての長岡城のシンボル的存在だった「お三階」櫓をモデルに建てたという白亜の建物。館内ではガトリング砲をはじめ、戊辰戦争に関する資料を豊富に展示している。

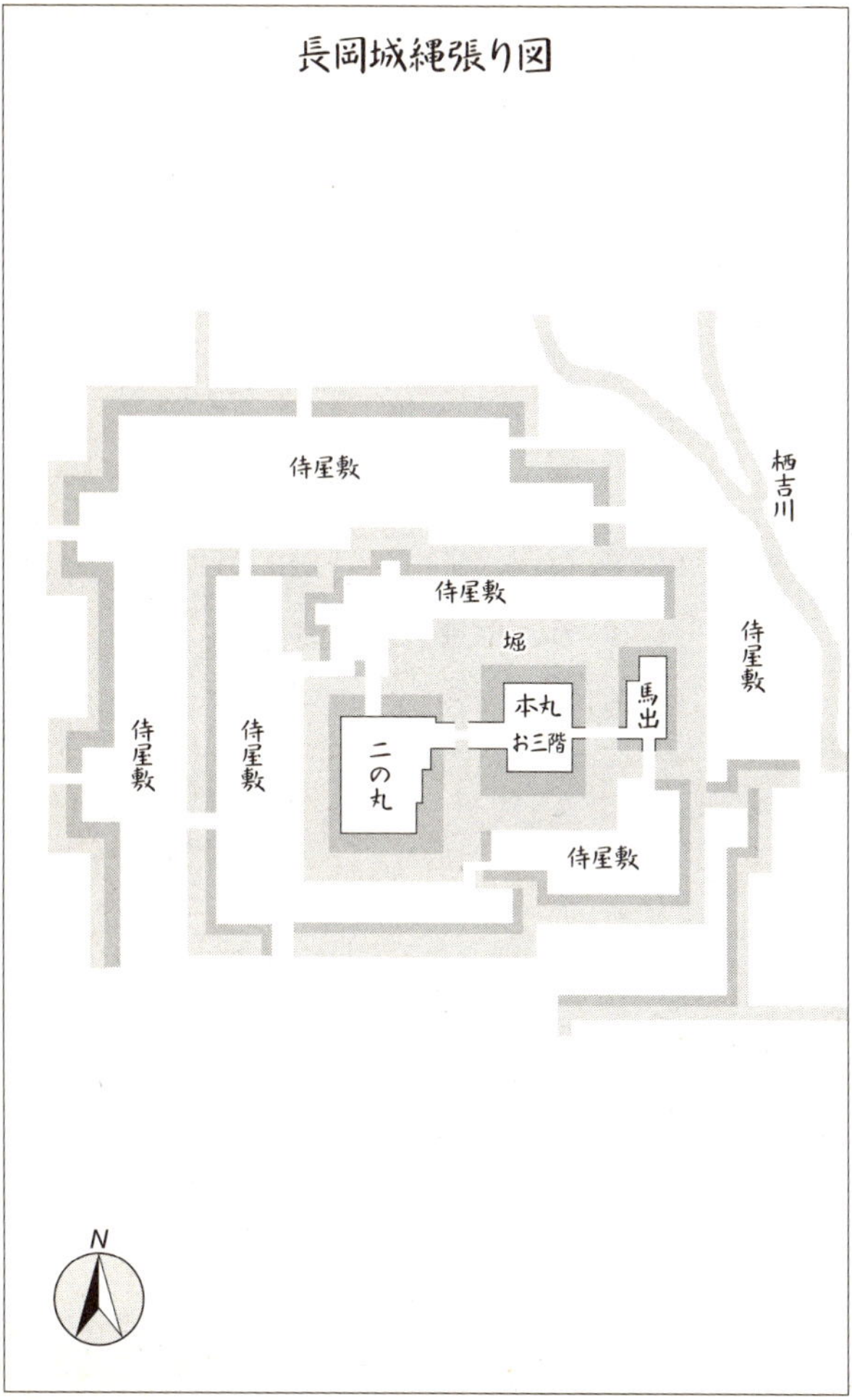
長岡城縄張り図
侍屋敷
侍屋敷
堀
本丸
お三階
馬出
二の丸
侍屋敷
侍屋敷
侍屋敷
侍屋敷
栖吉川
N

「米百俵」の逸話をもつ町

戊辰戦争史跡　長岡城の遺構がほとんどないことが、戦いの激しさを物語るといえよう。長岡駅から徒歩十分ほどの西福寺には、官軍の侵攻を城下に知らせた鐘「維新の暁鐘」が残る。ほかに、市内の栄凉寺、普済寺などに藩士の墓がある。

米百俵史跡　小泉元首相の所信表明演説で有名になった「米百俵」の逸話。戊辰戦争で焼け野原となった長岡に、支藩の三根山藩から百俵の米が救援に贈られた。しかし、当時の長岡藩大参事・小林虎三郎はこれを藩士の食糧にはせず、売却して国漢学校建設の資金とした。目先にとらわれず将来に備えるという思想が、多くの人々に感銘を与えた。市内には長岡国漢学校発祥の地として「米百俵之碑」がある。

悠久山公園と長岡市郷土史料館　市郊外にある悠久山公園は、地元では「御山」の名で親しまれている憩いの場。戊辰戦争の激戦地になった場所でもある。公園入口から園内の郷土史料館までの間の道沿いには、長岡ゆかりの偉人の碑が立ち、この地の歴史を今に伝えている。

越後の風雲児・河井継之助

河井家は、長岡藩の奉行職を務めたことのある家柄だが、藩の筆頭家老になれるほどの大身ではなかったという。しかし、継之助の秀才ぶりと、若くして江戸や日本各地に遊学して得た知識と人脈は、藩内でも有名だった。時は、門閥だけに頼っていては藩の命脈も危ぶまれる激動期。継之助が家老となり藩主の名代として活躍する地位を得たのは、時代の要請だったのだろう。

継之助は佐幕派でも新政府派でもなく「武装中立」を主張、長岡藩の独立を保とうとした。独立を守るには強力な武装が必要と、牧野家の家宝を売却し、外国から新型の鉄砲やガトリング砲などの兵器を購入、「強兵」を推し進めた。新政府との交渉が決裂すると、奥羽越列藩同盟に参加。侵攻してきた官軍に対し、圧倒的な火力と巧みな用兵をもって善戦したが敗れる。長岡城落城の際に負傷、会津藩領に向かう峠越えの途中で死去。「八十里腰抜け武士の越す峠」の句をのこす。

上田城と『街道をゆく』

信州佐久平みち、潟のみち ほか

『**街道をゆく**』

朝日文庫

紀行・第9巻「信州佐久平みち、潟のみちほか」では、信州、新潟、そして佐渡へ。上田では、真田六文銭の跡をたどり、真田家へ思いを馳せる。

昌幸は、千曲川流域をおさえる城が必要になった。

かれはこの川の尼ケ淵というほとりに斬新な設計による城郭をおこし、松尾城(上田城)と名づけ、当時流行の城下町をもつくった。いまの上田市は、このときからはじまる。

東海の家康は、昌幸を警戒し、その勢威を削《そ》ごうとした。昌幸の家康ぎらいもまた、上田城ができあがるころからはじまる。ついに巨大な徳川の遠征軍を千曲川べりで迎撃せざるを得なかった。昌幸は流域の住民を六文銭の旗のもとに結束させ、何分ノ一かの劣勢をひきいて大軍を撃ち、戦術の巧緻をつくしてついにこれを撃破し、家康をして遠征を断念させるにいたった。最終的な決戦での真田方の死傷はわずか四十人であったのに対し、徳川方は千三百人余の死傷を出した。昌幸の名声が天下にあがったのは、このときからといっていい。

その後、遠く上方で勃興した豊臣氏に昌幸は随身するのだが、これは一つは昌幸が近隣の家康がきらいで、その勢力を豊臣氏によって牽制してもらいたかったことによる。

秀吉の死後まで、昌幸が豊臣氏に忠実だったことも、律義者《りちぎ》のすきな信州人にこのまれるところであろう。関ケ原の前後、昌幸が石田三成と締盟したことは、かならずしも律義だけではなく、勝てば信州とその周辺の二、三国を併せ得るとおもったからである。

結局、昌幸は子の幸村とともに、上田城に拠って徳川秀忠軍と戦った。徳川軍は、家康が主力をひきいて東海道をゆき、美濃関ケ原で三成の西軍と会戦するのだが、子の秀忠は別働軍をひきい、中山道《なかせんどう》をとった。この秀忠軍が上田城で昌幸に阻《はば》まれ、攻撃をくりかえして勝てず、ついに関ケ原に間にあわなかった。昌幸は戦には勝ったが、三成が敗けて徳川の世になり、子の幸村とともに紀州・高野山麓の九度山《くどやま》に流謫《るたく》させられた。

『街道をゆく』信州佐久平みち、潟のみち ほかより

【上田城データ】
①伊勢崎城、尼ヶ淵城、真田城、松尾城　②平城　③真田昌幸　④天正12年(1584)　⑤郭、本丸、西櫓、水の手櫓、石垣、塁濠など(国指定史跡)　⑥長野県上田市二の丸　⑦上田市立博物館　☎0268-22-1274　⑧城内にある通称「真田井戸」には抜け穴があって、城の北の太郎山麓に通じていたという。知将昌幸の城らしい伝説である。ちなみに旗印の「六文銭」は、三途の川の渡し賃を意味するという。

●問い合わせ
上田市役所観光課　☎0268-22-4100
●城へのアクセス
JR長野新幹線・しなの鉄道上田駅より徒歩10分

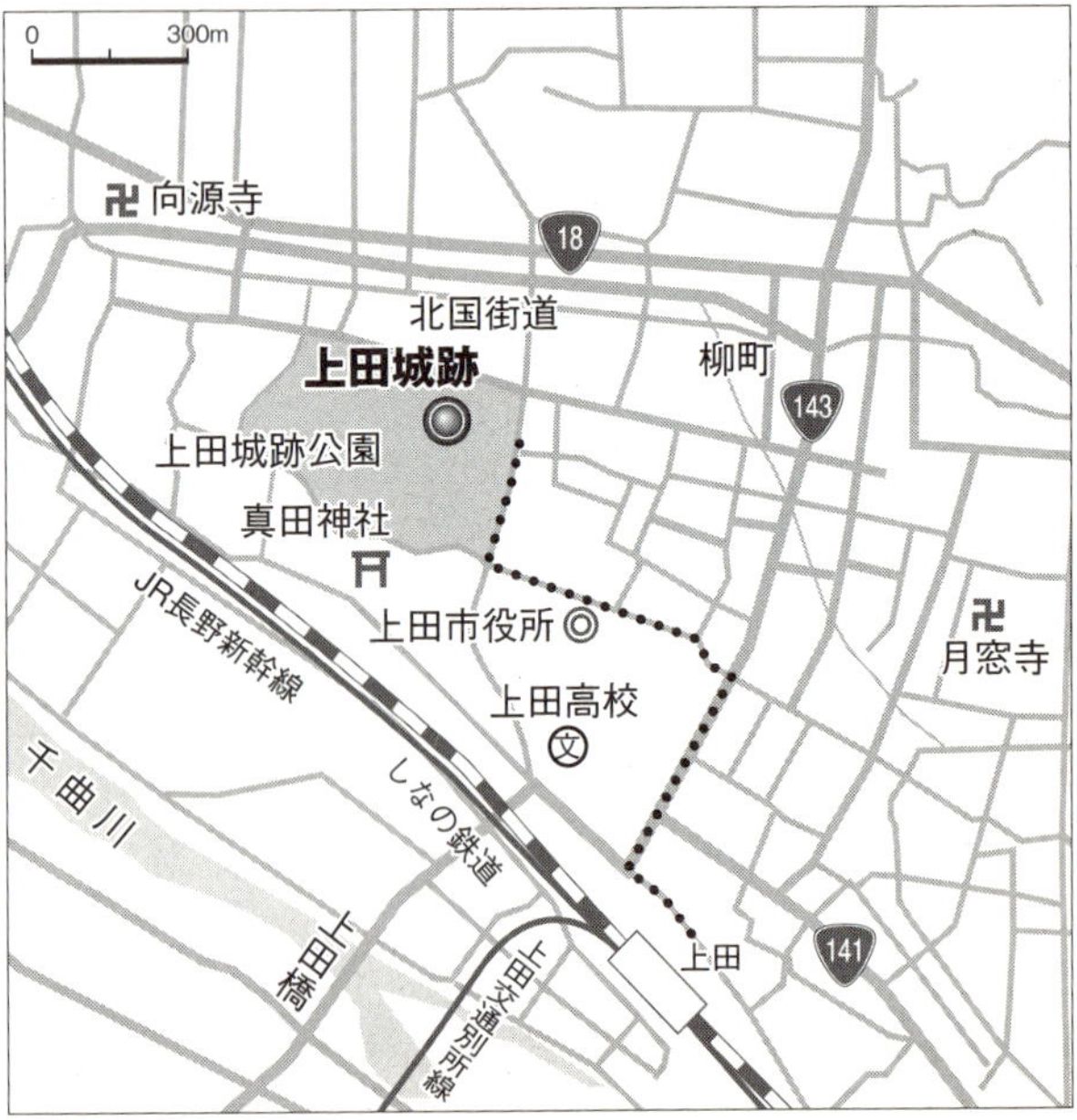

戦国きっての知将が築いた城

昭和五十一年七月、司馬遼太郎は『街道をゆく』の取材で信州・上田を訪れ、城と真田家に思いをめぐらせている。

信濃小県《ちいさがた》郡の小土豪だった真田氏は長らく近隣の大勢力に追従しながら、戦国の世を生きた。真田昌幸の頃は、武田信玄の傘下となって勢力を拡大。そして、武田氏の滅亡を契機に戦国大名として独立しようとしていた。

その決意の表れが、本拠である上田盆地の中央に築かれた上田城だ。

小規模な平城ではあるが、南方が千曲川の分流に削られた要害の地。他の三方も河川が入り組んで、攻めるに難しい城を構えるに絶好の地だ。ここに城下町や侍屋敷を巧みに配して、戦時には堅牢な防御陣地となるよう縄張りがされていた。

現在も城の石垣はほぼ完全な形で残る。また、長く城のシンボルとなってきた西櫓や、最近復元された北櫓、南櫓、東虎口櫓門など、城がイメージできる構造物は多い……が、これらはすべて元和《げんな》八年（一六二二）に入封してきた仙石忠正による再建スタイルだ。

昌幸が築いた上田城は、関ケ原の戦後に徳川家康によって徹底的に破壊されている。

天下人の家康にとってこの信州の城は憎むべき存在だった。

家康は二度までも、この城によって苦汁をなめさせられた。

徳川と真田の対決第一回は、城が完成したばかりの天正十三年（一五八五）。領土問題で仲違いした家康は一万の大軍をもって上田城を攻めるが、昌幸は二千たらずの軍勢で、地形を巧みに利用しながら徳川軍を翻弄。さすがに戦《いくさ》上手といわれた昌幸が築いた城だけあって、堀も深く、防御も堅固だった。土塀には無数の矢狭間《やざま》や鉄砲狭間が設けられ、押し寄せる敵兵を矢や銃弾が雨あられのように襲う。結局、徳川方は千人以上の死傷者をだして敗北する。

第二回の上田城攻めはさらに大規模なもの。関ヶ原の戦に向かう徳川秀忠に率いられた三万八千の軍勢が、そのついでにと上田城を攻めたが、ついにこれを落とせず、秀忠は天下分け目の合戦に間に合わず、大恥をかく。

天下を取ったが落とせなかったのが真田の上田城である。

北国脇往還の情緒ある宿場町

北国脇往還　上田は北国脇往還の宿場町でもあった。北国脇往還は、北国街道と中山道を結ぶ道。佐渡の金を江戸へと運ぶ重要なルートとして、また、善光寺参詣の道筋として人々の往来は多く、街道沿いの宿場町は大いに栄えた。現在でもJR上田駅から上田城跡へ向かう市街地中心部の柳町、常磐町、紺屋町あたりの道筋には、昔ながらの宿場町の風情がよく残っている。古い格子戸の家並み、江戸時代から続く造り酒屋や味噌醸造蔵などが軒を連ね、「屋根のないスタジオ」といわれるくらい映画のロケも多い。

池波正太郎 真田太平記館　池波の代表作といえば、真田昌幸、信之、幸村の親子兄弟の活躍を描いた長編小説『真田太平記』。これを執筆するにあたって池波は、舞台となる上田をたびたび訪れたという。白壁造りの館内には、この町と縁の深い彼の作品や遺品の数々を展示している。また、風間完画伯の『真田太平記』挿絵ギャラリー、シアターで上映されている切り絵映像「上田攻め」も興味深い。

上田市立博物館　上田城跡公園内、かつての二の丸にある博物館で、郷土資料を豊富に展示。上田城歴代城主に関する史料、とくに真田昌幸の具足や、昌幸や信之の文書などが見られる。

中部篇

浜松城と『覇王の家』

『覇王の家』
新潮社

二百七十年にわたる泰平の世を築いた男・徳川家康とは、どんな人物であったのか――三河という土地から、その生涯に迫った長編小説。

「早うゆけ」


と、菅沼藤蔵の乗馬を九助にあたえ、先行させた。

その直後、家康はふたたび動転せざるをえなかった。背後で馬蹄《ばてい》のとどろきが湧《わ》きおこり、ふりかえると、おびただしい松明《たいまつ》が家康のあとを追ってきた。馬場信春、山県昌景の追撃軍であった。家康は一息入れたときだけに恐怖は以前にまして大きく、夢中で駆けだした。おもわず、馬の首に顔を伏せながら鞍《くら》壺《つぼ》で糞《くそ》を洩《も》らしたというのは、このときであった。そういうたぐいの話まで三河衆のあいだに伝わるほど、家康とかれら主従の間柄は田舎くさく、それだけに徳川の家中には織田家や武田家などにはない肌ぬくもりのなまなましさがあった。

家康は城の大手門から入らず、玄黙口《げんもくぐち》といわれる搦手門《からめて》から入った。この玄黙口の城門をまもっていたのは家康の幼少のころの遊び相手である鳥居元忠で、すぐ家康の鞍壺のにおいに気づき、そのことをいったが、家康は、

「気づかなんだ」

と、元忠の冗談を黙殺し、よいか、門の内外の篝火《かがりび》をさかんにして昼のようにせよ、門は大きくひらき放つべし、大手門もそのようにせよ、そのように伝えよ、とつぎつぎに命じた。元忠はおどろき、

「それでは敵が付け入りましょう」

というと、

「彦右衛門（元忠）」

と、家康は地面を鞭《むち》でたたきつつ大声でいった。

「もはやわしが戻ったのだ、敵を一歩たりとも寄せつけるものか」

大声でいったのは、城兵にそれを聞かせて士気を盛りたてるための芝居であったのだろう。しかしそれにしても敗軍のなかで城門を開け放つというのはおそろしくもあり、戦場で爪《つめ》を嚙《か》んだり、遁走《とんそう》中に脱糞《だつぷん》したりする男のできることではなかった。このあたりも、家康の性格の不可解なところであろう。

家康は、城門を開放することによって城兵に退守の気分をすてさせ、もう一度野戦する勢いを持続させようとした。さらにはあかあかと大篝《おおかがり》をたいて城門のひらいている光景を敵に見せつけることによって、敵をして一思案させようとした。敵は、家康に計略《はかりごと》があるとおもうであろう。それによってかえっ

て敵は付け入ってこないということを、家康は十分見込んでいた。家康はごく自然な臆病《おくびょう》人ではあったが、しかし一面、物事を知恵でもって見込み、あらゆる場合々々の安全の限界を十分に把握《はあく》することができた。この時代のことばでいう見切りの利く男であった。慄《ふる》えながらも、見切りの限度内では理性でふるまうことができ、それが傍目《はため》からみればときには超凡の豪胆さにみえたのかもしれない。

『覇王の家』より

【浜松城データ】
①曳馬城、引馬城　②平山城　③徳川家康　④元亀元年（1570）。現在の天守閣は昭和33年の復興　⑤天守閣、石垣など（市指定遺跡）　⑥静岡県浜松市元城町　⑦浜松城　☎053-453-3872　⑧在城中、老中となった者が数多くいることから「出世城」との異名をとった。天保の改革で名を知られる水野忠邦も、自ら望んで城主になったという。

●城へのアクセス
JR東海道新幹線・東海道本線浜松駅より市営バス5分「市役所前」下車

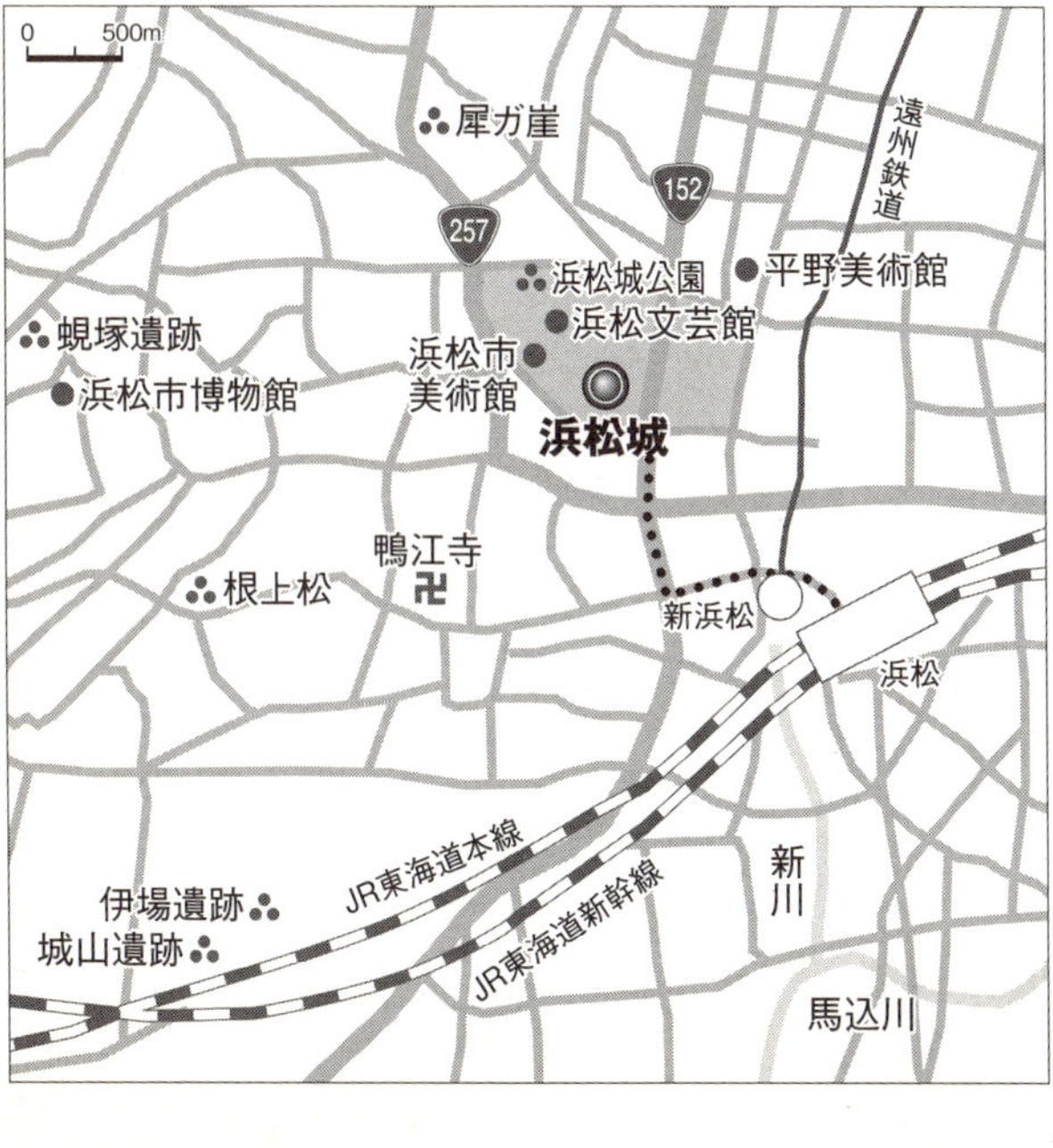

「出世城」の異名の陰のドラマ

「この首を信玄どのの首であると称して浜松の城中の者へ呼ばわらせよう、とおもった」と、『覇王の家』にある。浜松城は、三方原《みかたがはら》で大敗した徳川家康が命からがら逃げ帰り、城門を開いて篝火を焚き、計略があるかのように見せかけて敵に攻撃を躊躇《ちゅうちょ》させたという城である。

武骨な石垣、小ぶりだが渋みのある天守閣。「家康の出世城」として名高い浜松城。江戸時代には有力な譜代大名がこの城の主となり、多くが幕府の要職に取り立てられたことから、幕臣たちにとっても「出世城」であった。

浜松市内の中心近くにあるというのに、本丸へと向かう道は意外と険しかった。浜松城公園となっている城跡には、築城当時の石垣がそのまま残っている。石垣に沿ってある石段を上って本丸へと向かうのだが、それがなかなか急なのだ。それは石垣が高く積まれているということ。堅城ぶりを体感していることになる。また、江戸時代の城の整然と積まれた石垣を見慣れた目には、石は不揃いで積み方もかなり粗野な感じがする。「野面積《のづらづ》み」と呼ばれ、実用本位の戦国時代に多い築城法なのだとか。武骨な石垣に戦国の残香が漂う。

　家康は元亀元年（一五七〇）、本拠を三河の岡崎城からこの浜松城に移し、ここから三河、遠江《とおとうみ》、駿河、甲斐、信濃の五ヵ国を領有する東海の覇者へと成長していった。この城が「家康の出世城」と呼ばれる所以である。

　もともとは、永正年間（一五〇四〜一二）に駿河国守護・今川氏の支城として築かれたもの。当初は「曳馬《ひきうま》（引馬）城」と称したが、「馬を引く」は敗北につながり縁起が悪いということで、家康の入城とともに「浜松城」に改められる。家康が版図を広げるにしたがって城も拡張され、大城郭へと発展していった。

　しかし、家康はこの出世城で、大きな苦悩も味わっている。浜松城の家康は、正室の築山《つきやま》殿や嫡子・信康を岡崎城に残したままの、いわば単身赴任。そのうえ、夫婦仲も冷えきっていたとか。やがて築山殿は武田勝頼との密通を疑われ、これを同盟者・織田信長が知るところとなる。勝頼と敵対する信長の圧力に抗しきれず、家康は、ついに築山殿と信康の命を絶つことになったのだ。

　その後、家康は本拠を駿府城に移す。そして徳川家の関東移封後、この城は豊臣家中の小大名のものとなった……が、徳川幕府の時代になって浜松城は再び脚光を浴びる。岡崎城と同様、徳川家にとって重要な家康ゆかりの城。代々譜代の大名が配され、ここの城主となる者は、幕府内での栄達も約束されたのである。

「遠淡海」と砂丘の美しい夕陽

中田島砂丘　浜松市の郊外、遠州灘を望む「遠州灘海浜公園」の一角にある。「日本三大砂丘」のひとつに数えられ、東西約四キロ、南北約五百メートル。強風によって生みだされる風紋と、太平洋に沈む夕陽の美しさに定評がある。

浜名湖　平安時代には琵琶湖を「近淡海《ちかつおうみ》」、浜名湖を「遠淡海《とおつおうみ》」とも呼び、昔から日本を代表する湖として知られていた。

舘山寺温泉　浜名湖畔に湧く温泉。湖岸の温泉地は、湖の眺望も美しい。温泉名の由来となった千二百年の歴史を誇る舘山寺は弘法大師ゆかりの寺だが、温泉の歴史はまだ新しく開湯は昭和三十三年のこと。神経痛や疲労回復に効能あり。

うなぎ　浜名湖は昔から国内有数のうなぎの養殖地として知られるところ。浜松市内には地元産のうなぎを食べさせる料理店も多い。また、浜松名物ともなっているうなぎパイをはじめ、うなぎ関連商品も土産にいい。

岡崎城と『覇王の家』

『**覇王の家**』
新潮社

二百七十年にわたる泰平の世を築いた男・徳川家康とは、どんな人物であったのか——三河という土地から、その生涯に迫った長編小説。

五万石でも岡崎さまは
お城したまで舟がつく

と、いまでも座敷でうたわれたり舞われたりするが、この唄《うた》にある岡崎城は徳川時代の模様のもので、堂々たる天守閣ももっている。が、家康が城主のあととり息子としてここでうまれて幼年期をすごした岡崎城というのは天守閣などはむろんなく、櫓《やぐら》や門の屋根もかやぶきで、当地は石の産地ながら石垣などもなく、ただ堀を掘ったその土を掻《か》きあげて芝をうえただけの土塁がめぐっている。城の西側はずんと落ちくぼんで矢作《やはぎ》川が水をたたえて南流しており、西隣の尾張《おわり》からの敵に対し、水の要害になっている。尾張の新興大名は織田《おだ》氏である。

「三河はわしの草刈り場だ」

と、織田信秀《のぶひで》（信長の父）は称していたが、かれはしばしば軍勢を催しては、三河との国境の矢作川をわたって、三河に侵入した。茅《かや》ぶきの岡崎城にいる三河岡崎衆は、そのつど矢作川流域の野をかけまわって尾張からの侵入軍と戦わねばならない。

「尾張衆の具足のきらびやかさよ」

と、この当時三河ではいわれた。尾張は一望の平野で灌漑《かんがい》ははやくから発達し、海にむかっては干拓《かんたく》がすすみ、東海地方きっての豊饒《ほうじょう》な米作地帯であるだけでなく、街道が四通八達して商業がさかんであった。それからみれば隣の三河は大半が山地で、

——人よりも猿のほうが多い。

と尾張衆から悪口をいわれるような後進地帯であった。ただ国人が質朴で、困苦に耐え、利害よりも情義を重んずるという点で、利口者の多い尾張衆とくらべてきわだって異質であった。犬のなかでもとくに三河犬が忠実なように、人もあるじに対して忠実であり、城を守らせれば無類につよく、戦場では退くことを知らずに戦う。この当時すでに、

——三河衆一人に尾張衆三人。

ということばすらあったほどで、尾張から大軍が侵入してくるときも、三河岡崎衆はつねに少数で奮戦し、この小城をよくもちこたえた。守戦でのつよさではかれらは天下無類というふしぎな小集団であった。ついでながらこの小集

団の性格が、のちに徳川家の性格になり、その家が運のめぐりで天下をとり、三百年間日本国を支配したため、日本人そのものの後天的性格にさまざまな影響をのこすはめになったのは、奇妙というほかない。

『覇王の家』より

【岡崎城データ】
①竜城、竜ヶ城　②平山城　③西郷弾正左衛門稠頼　④康正元年(1455)。現天守閣は昭和34年の復興　⑤石垣、土塁、空堀、水堀、井戸など(市指定遺跡)　⑥愛知県岡崎市康生町　⑦岡崎城　☎0564-22-2122　⑧築城時、この地の守護神である竜が女に姿を変え、永遠にこの城を守ることを約束したという。家康は城内二の丸で天文11年(1542)12月に誕生。「東照公産湯の井戸」が残る。

●問い合わせ
岡崎市観光協会　☎0564-23-6217
●城へのアクセス
名鉄東岡崎駅、岡崎公園前駅より徒歩10分

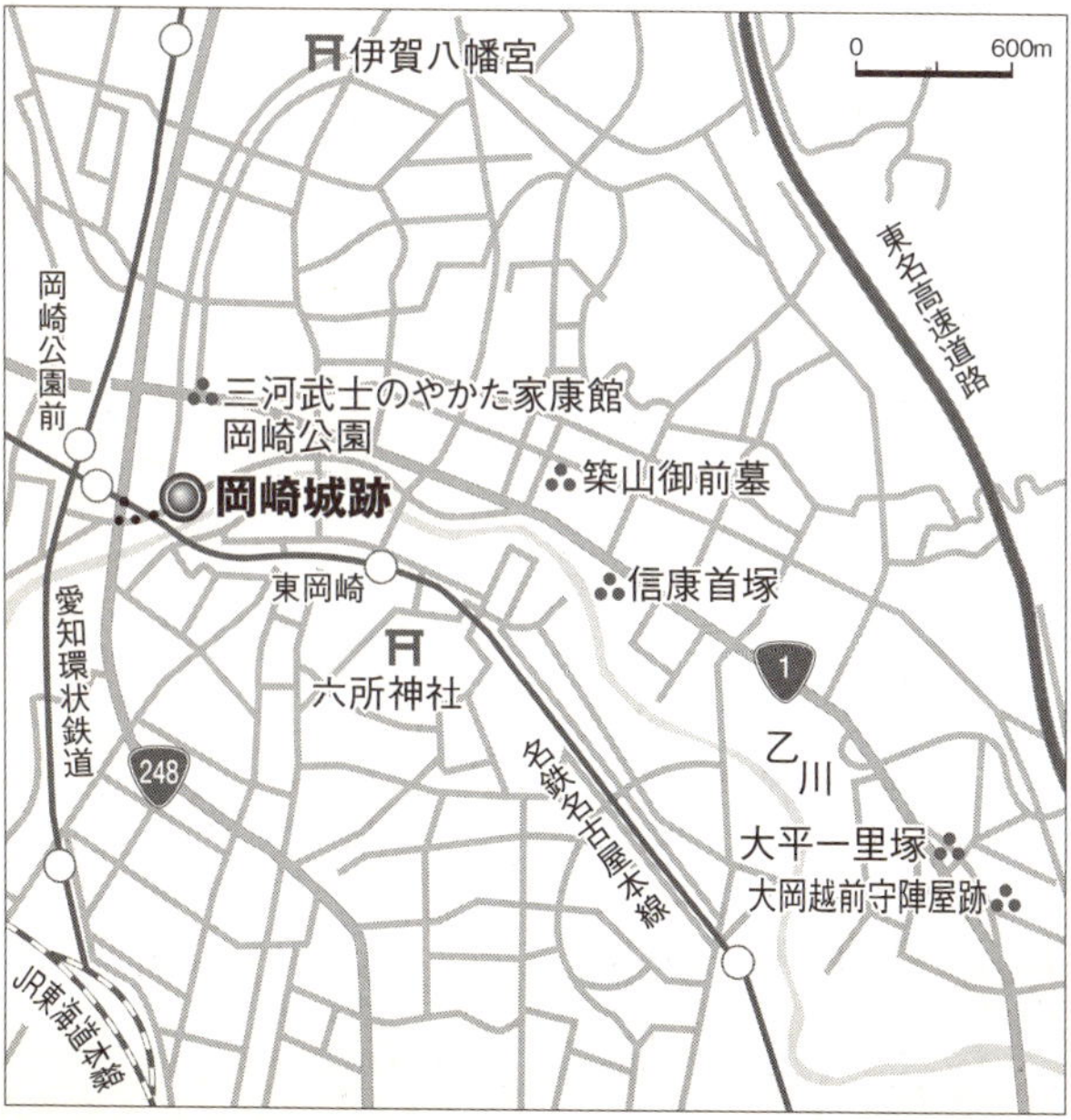

家康が生まれた東海道の名城

岡崎城」とある。

『覇王の家』に、「家康が城主のあととり息子としてここでうまれて幼年期をすごした

かつて三河国と呼ばれた愛知県東部の田園地帯、その平野を潤す矢作川のほとりに、岡崎の町が開ける。岡崎といえば、徳川家康生誕の地として知られる。

岡崎の町は城を中心につくられた。したがって、現在も岡崎城跡は町のほぼ中心にあり、岡崎公園となっている城跡に、三層五階の堂々たる天守閣がそびえ立つ。

昭和三十四年の再建ながら、周囲に配された井戸櫓や巽《たつみ》櫓などとともに、江戸時代の姿が忠実に再現されている。

しかし、家康が生きた時代には、こんな立派な天守閣はなかった。城跡の入口の大手門や随所に見られる石垣もなかったのである。

岡崎城はもともと三河守護代の西郷稠頼《つぎより》が築き、それを家康の祖父にあたる松平清康が大永四年（一五二四）に攻め取ったもの。清康は天才的軍略家だったといわれるが、その勢力が最大だった頃でも三河半国をやっと支配する程度で、今あるような壮大な天

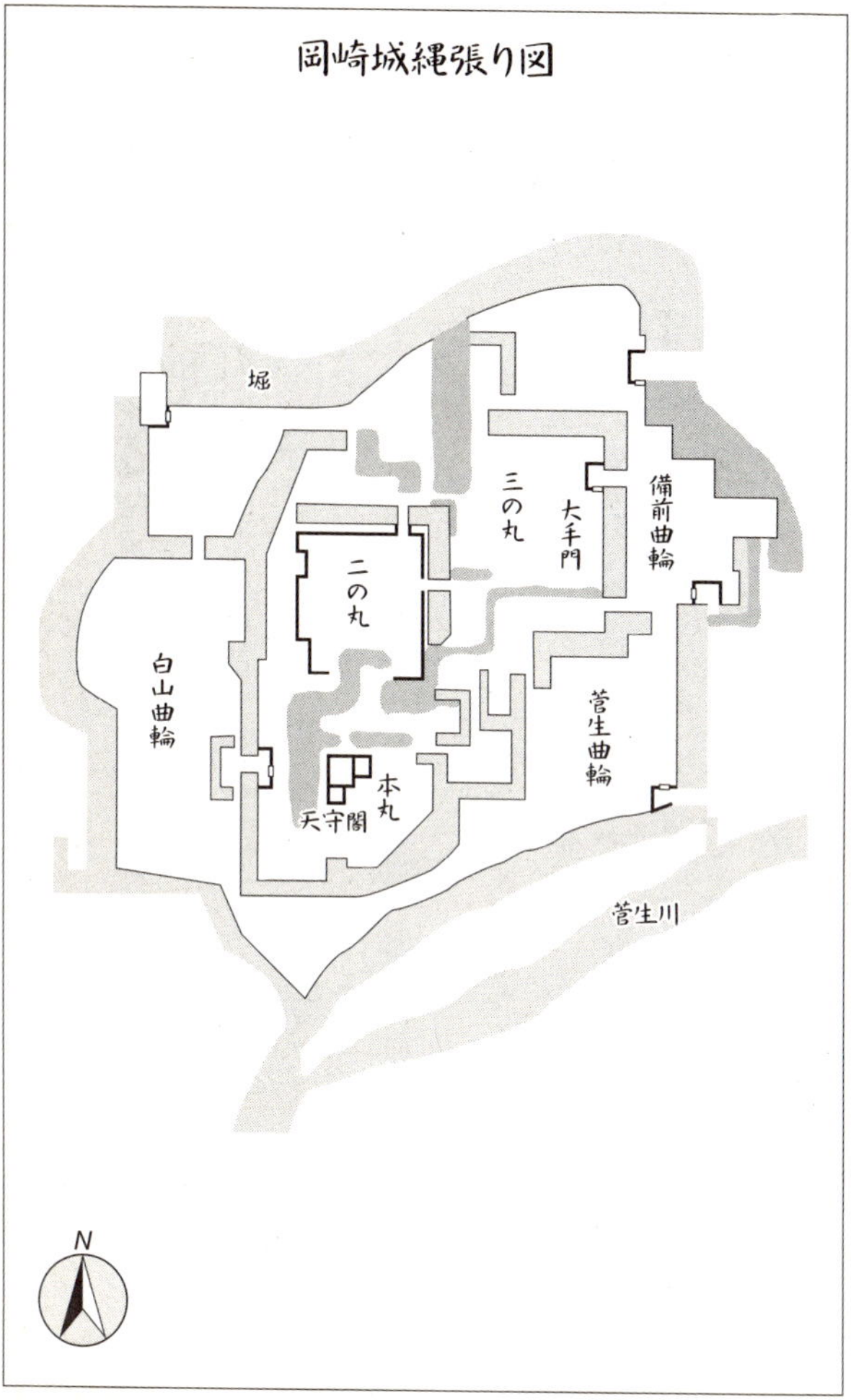
岡崎城縄張り図
堀
三の丸
大手門
備前曲輪
二の丸
白山曲輪
菅生曲輪
本丸
天守閣
菅生川
N

守閣を造る力はなかった。また、清康の死後、松平家は凋落《ちょうらく》、嫡子の家康を今川家の人質に出さねばならぬほどの弱小勢力となってしまう。桶狭間の戦の後、家康がやっと今川氏の支配から脱して戻ることができた岡崎城は、櫓や門は茅葺きで、石垣もなく土塁をめぐらしただけの田舎城だったという。

岡崎城が東海道有数の名城となったのは、徳川幕府の成立後、江戸時代になってからのこと。「神君出生」の城として大規模な改修工事が行われ、元和三年（一六一七）に天守閣をもつ大城郭として生まれ変わった。

岡崎藩そのものは五万石の小規模大名だが、代々家格の高い譜代大名が移封され、この城主になることはたいへんな名誉だったとか。

矢作川から菅生《すごう》川、さらにそこから掘割に入れば、城郭内まで舟で入ることができそうだ。舟を下りて見上げれば、天守閣がそそり立つ眺め……おそらく、新藩主となって初めてこの城にやってきた大名も、舟を下りて大天守閣を目にしたとき「特別な城」の城主となったことを実感したにちがいない。

二の丸跡には「東照公（家康）産湯の井戸」が残る。家康が生まれたとき、三河武士たちは狂わんばかりに歓喜したという。この主従の強い結束力、主のためなら喜んで死地へ飛び込んでゆく三河武士の熱情が、家康の天下取りの原動力。そう考えれば、この井戸が徳川幕府二百七十年、超長期政権の源ということになる。

徳川発祥の城下町を探訪する

岡崎公園　かつての岡崎城跡を公園としたもので、岡崎城天守閣をはじめ「三河武士のやかた家康館」など、徳川家や家康に関する資料を集めた展示施設がある。また、四月上旬～中旬は桜、四月下旬から五月上旬にかけては藤の花が美しい。花の時期にはイベントが盛りだくさん。

六所神社　徳川家康が生まれたとき、産土神《うぶすながみ》として参拝した由緒ある神社。三代将軍・徳川家光が寄進した本殿、拝殿、楼閣などの権現造りの社殿は国指定の重要文化財。

伊賀八幡宮　徳川氏の祖である三河松平家四代目の親忠が、文明二年（一四七〇）に子孫繁栄の守護神として創建したもの。後、東照大権現（徳川家康）も祀られることになり、江戸時代は日光東照宮や久能山東照宮とならぶ霊廟として崇められた。寛永十三年（一六三六）、家光が増築した本殿、随身門、石橋などは国指定の重要文化財。

大樹寺　岡崎の市街地より約七キロの郊外にある古刹。これも松平親忠が文明七年（一四七五）に松平家の菩提寺として創建したもので、境内には家康の祖先にあたる松平家八代の墓、徳川歴代将軍の位牌、家康が七十三歳のときの木像などが安置してある。また、家康の祖父にあたる松平清康が建立した多宝塔は「東海道随一の美しい塔」との定評があり、国指定の重要文化財でもある。

岡崎宿　岡崎は昔から矢作川水運の要地として栄えてきた。江戸時代は城下町であるとともに東海道の宿場町でもあり、現在も町並みに風情が残る。

八丁味噌　岡崎名物といえば豆をたっぷり使った八丁味噌。昔ながらの製法を守っている醸造所が多い。風味豊かな特産品だ。

清洲城と『国盗り物語』

『国盗り物語』
新潮社

美濃を足がかりに伸《の》し上がらんとする斎藤道三。その娘婿・織田信長。両者にかかわる明智光秀。戦国の世を生き、斃《たお》れた三人の生涯を活写する。

織田家には、宗家がある。

尾張清洲城にいる織田氏で、城は尾張随一の堅城だし、領地も多い。

——清洲をとってやる。

というのは亡父信秀の念願だったが、ついに果たさずに死んだ。

清洲方も、

——なごやの織田（信長）をつぶしてしまわねば自分の家があぶない。

とおもい、父の代から戦闘をくりかえしている。が、信長の代になって、当方も信秀が死に、先方も織田常祐《つねすけ》という当主が死んだため、一時休戦のかたちになっていた。

ここに、斯波《しば》氏というのがある。

尾張における足利《あしかが》大名で、美濃の土岐氏、三河《みかわ》の吉良《きら》氏にあたり、いまは実力はおとろえきっているとはいえ、国中では最高の貴人として尊崇されている。

当代は、義統《よしむね》といい、茶の湯と連歌のすきな温和な中年男だった。

趣味がおなじだったから、信長の亡父信秀とは親しく、信秀の死後もときど

き、なごや城にあそびにきて、

「ぶじにすごしておるかな」

と、信長にいうのが口ぐせになっていた。

信秀の遺児がたわけ殿であるだけに、義統には気になるのであろう。

義統は、清洲の織田宗家の城内に屋敷をたててもらって住んでいる。というのは逆で、もともと清洲は斯波氏の居館であったのだが、数代前に家老の織田家にとってかわられ、いまではその城内の一隅《いちぐう》に斯波義統がほそぼそとくらしている、といったかっこうである。

その義統が、

「清洲織田家が、そなたを攻めほろぼす計画をもっている」

という容易ならぬ情報を信長の耳に入れてくれたのは、信長が道三と聖徳寺で会見する前後だった。

その後、親切にもしばしば、情報を送ってくれた。信長がたのんだわけではないが、義統にすれば信長がたわけのゆえに身をほろぼすのがあわれであったのであろう。閑人《ひまじん》の道楽のようなものであった。

『国盗り物語』より

【清洲城データ】
①清須城　②平城　③斯波義重　④応永12年(1405)。現在の天守は平成元年に資料館として再建されたもの　⑤土塁、堀の一部　⑥愛知県清須市　⑦清洲文化広場管理事務所　☎052-409-7330　⑧信長は桶狭間の戦の際、清洲城から出陣し大勝。家康による「清洲越し」で小天守は名古屋城に移築され、清洲櫓となる。出土した天守閣の金箔瓦が展示され、往時の姿を伝えている。

●問い合わせ
清須市役所産業課　☎052-400-2911
●城へのアクセス
JR東海道本線清洲駅・名鉄新清洲駅より徒歩15分

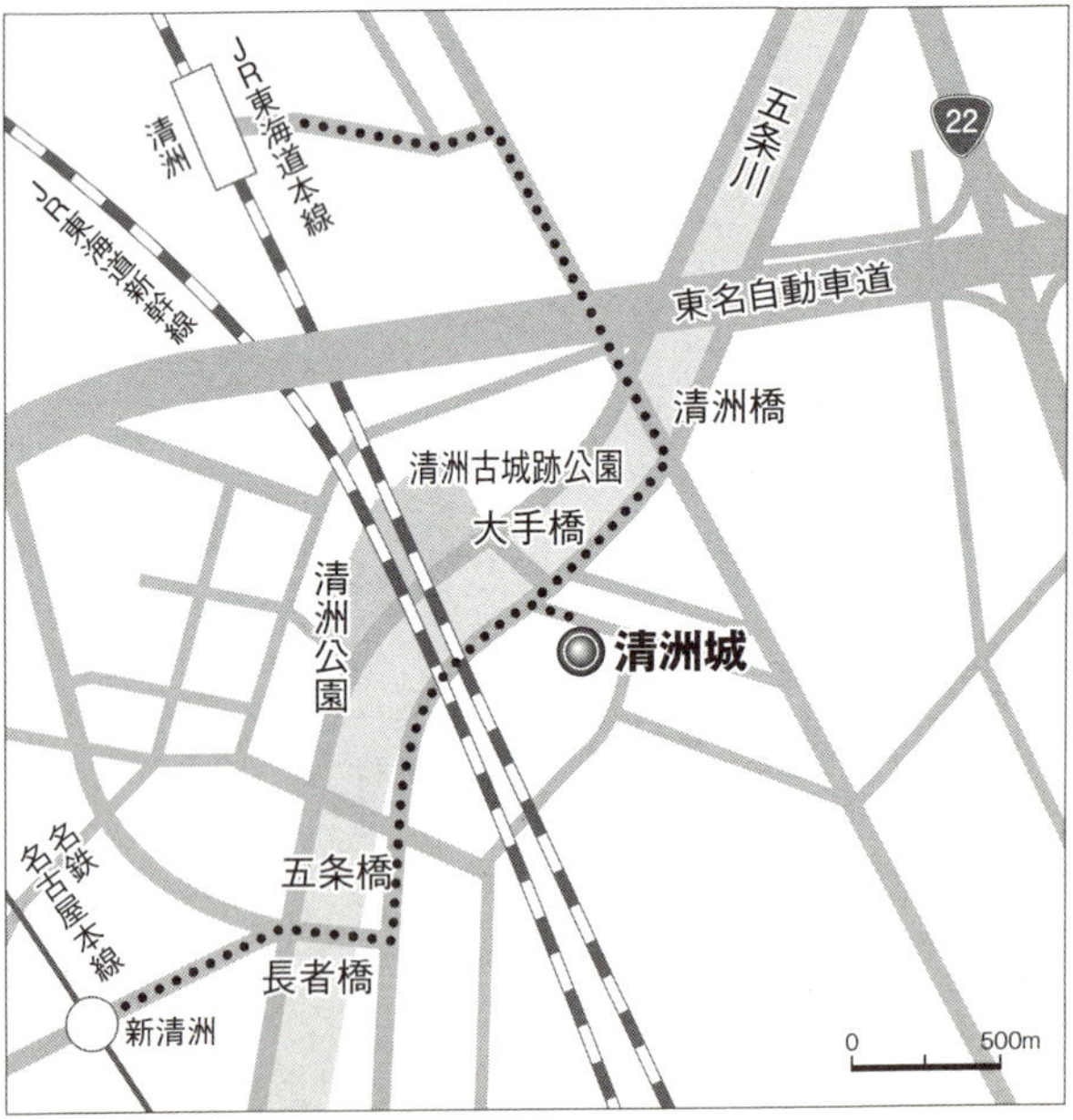

桶狭間の出撃拠点

司馬遼太郎は『国盗り物語』で、清洲城を「尾張随一の堅城」という。

一族郎党が骨肉相争った尾張統一のための戦い。さらには当時の超大国である今川氏との乾坤一擲《けんこんいってき》の戦い、桶狭間での奇跡的な勝利がなければ、信長の命運も早くに尽きていたはずである……清洲城に拠った頃の信長は、まだ小さな地方勢力にすぎない。壮麗な天守閣を築くような財力もなければ、そんなものを造る気持ちの余裕もなかった。説明するまでもないが、現在ここにある天守閣は現代になって（平成元年）造られたもの。信長の清洲城とは別ものである。

織田信長の居城だった清洲城は、清洲文化広場から少し離れた場所にあった。その地には「清洲古城跡の石碑」があり、周辺にはわずかながら土塁などの遺構も残っている。なんとも地味で目立たない遺構であるが、ここが、天下の統一を果たした信長の原点だ。

かつて、この地に城を築いたのは尾張守護の斯波《しば》義重。応永十二年（一四〇五）のことである。代々の守護が居城としたが、尾張国を実質的に支配していたのは守護代の織田氏だった。

織田氏の一族の争いに勝って、尾張一国をほぼ手中にした信長が、弘治元年(一五五五)、那古野《なごや》城から移ってきたことで、この城は注目を浴びるようになる。

あの桶狭間の戦のときも信長はこの清洲城から出陣した。当時の清洲城は今川の大軍に攻められたらひとたまりもない小城だった。

しかし、その後も清洲城とその城下町は健在だった。「本能寺の変」で信長亡き後も尾張の中心であり、次男の織田信雄《のぶかつ》によって拡張され、大城郭になっている。また、関ヶ原の戦当時は福島正則の居城であり、東軍の前線基地にもなった。

しかし、慶長十五年(一六一〇)、徳川家康により、新しく成った尾張の都「名古屋」への遷都が命じられ、清洲は廃都、清洲城は廃城となる。城下町ごとの引っ越し……これを「清洲越し」と呼ぶ。

戦国の時代に多くの武将たちとともに歴史を刻んだ城、豊臣期、徳川期の初めにあっては「天下の名城」「東海の巨鎮」と謳《うた》われた清洲城と人口六万の城下町は姿を消した。

天才・信長の名残の風が吹く

総見院　織田信雄が、父・信長の菩提寺として、伊勢から安国寺を移して創建。「清洲越し」の際に大須(現名古屋市)に移るが、三代和尚・閔山《みんさん》によって再建された。本能寺の変の後、焼け跡から見つかった「焼け兜」が保存されているほか、信長影像などの寺宝がある。

清洲公園　実際の清洲城跡に造られた公園。かつての清洲城本丸地域約五千平方メートルを公園として整備・開放したもの。園内には信長の銅像が立つ。桜の名所としても市民に親しまれており、春には「清洲城茶会」が開かれる。

清洲宿本陣跡　東海道・宮宿から中山道・垂井《たるい》宿を結ぶ脇往還である美濃路。「清洲越し」のため町としてのにぎわいを失ってしまった清洲だったが、江戸時代になって美濃路の宿場町として再び栄えるようになった。なかでも本陣は美濃路のなかで最大の規模を誇り、参勤交代や琉球王使の宿泊先として使用されたという。現在は正門が再建されており、往時の姿をしのばせる。

清洲城ふるさと祭り　毎年十月に開催される祭りで、最大のイベントは市民有志による「時代行列」。手づくりの甲冑を身に着けた武者たちが練り歩く。また、火縄銃の演舞や、地元の特産品を販売する「楽市楽座」なども行われる。

墨俣《すのまた》城と『新史　太閤記』

『**新史　太閤記**』
新潮文庫

人をひきつける不思議な魅力と斬新な発想力、卓抜した実行力を武器に、戦国の世を制した豊臣秀吉。司馬流の「新しい秀吉」像に迫った作品。

「美濃攻めのことでござりまする」

と前置きし、猿が工夫しぬいてきた壮大な作戦計画を語りはじめた。こういう企画が得意の猿にすれば、野武士の小六ふぜいが智恵袋だといわれては立つ瀬がないのである。

猿にいわせれば（信長の名誉を思ってあからさまには言わなかったが）、信長の美濃侵攻の基本戦法がまちがっている。戦場までの距離が長大すぎ、つねに長駆大軍をひきずって美濃へ入り、一撃されればふたたびその長い道程を逃げて来なければならない。

敵地に前線基地を置くべきであった。戦さは元来、勝敗を一撃できめるべきものではなく（そういう場合も稀《まれ》にあるが、多くは）、一進一退を重ね、利をすこしずつ稼ぎつつ、ついには勝機をつかむべきものである。その一進一退の姿をとるためには、戦場付近に城をつくるべきであった。不利なら退いて城籠《しろごも》りし、さらに敵情を窺《うかが》って攻め、その城を本国の大軍の足がかりにもし、敵の大軍を誘いこむ囮《おとり》にもする。そういう城を一つ持てば、その城の活用次第ではいろんな芸ができるのである。

「美濃はその心ノ臓《しんぞう》の稲葉山城をいきなりお攻め遊ばすのは無理でございます」

猿にいわせれば兵力の稀薄《きはく》な西美濃を攻めとるにしかず。その西美濃を攻めとるには、国境の墨股《すのまた》（墨俣）の河中に城砦《じょうさい》を築くにしかず、というのである。

「猿っ」

信長は、いきなり平手打ちをくれた。せっかくの軍師が、わっと叫び、あわれにもあおむけざまにひっくりかえった。

信長は馬腹を蹴《け》って去った。

猿は目がくらむほどに痛かったが、しかしここでうなだれていては、恨みをふくんだ、と思われるであろう。

「ひゅっ」

と猿は口笛を吹き、信長の馬の尻《しり》を追って陽気に駈けだした。

（むかしの飢えの頃に戻るよりもましだ）

叩かれようとどうされようと、いまのこの境遇がどれだけいいかわからない。

信長の立腹は、例によって出過ぎた奴《やつ》、ということであろう。しかしそれだけにしてはあの平手打ちは激しすぎた。

（とすれば、墨股の一件、すでに殿様にあっては御思案済みのことではあるまいか。それゆえ、洩《も》れることを怖《おそ》れられたのではあるまいか）

信長の意思表現は、つねに行動でしかない。猿はあれは自分に口止めをなされたつもりだ、と理解した。かれこれと思いめぐらさねばならぬ点、信長という大将ほど仕えにくい男はない。

『新史 太閤記』より

猿はどう考えても企画の天才らしい――

と、信長がひそかに思いはじめたのは、この前後からである。
墨股《すのまた》で構築すべき建築は、
　長屋　十棟《むね》
　櫓《やぐら》　十棟
　塀《へい》　二千間
木柵《もくさく》　五万本分
であった。猿にいわせるとあらかじめこれだけの材料を設計図どおりに整えてしまい、それを川の上流のある地点に集結し、水上運搬で現地に運び、現地では組立てだけにしてしまう、というものであった。
(ちょっと、気づかなんだ)
誰《だれ》でも気づきそうで、しかも誰もやったことのない建築法であった。猿が信長の手もとに出した計画書によると、七日間で、材料収集。

八日間で、寸法揃え。

九日間で、建築。

〈中略〉

この案を信長は、佐久間信盛、柴田勝家の両家老にみせたとき、彼等《かれら》は小首をひねった。

「素人《しろうと》ですな」

という意味のことを、勝家はつぶやいた。

(そのとおりだ)

信長も同感であった。合戦築城に場馴《ばな》れした者なら思いつきもせぬ方法であった。しかし古来、戦法の新手は老練の士から生まれず、先例を知らぬ素人同然の者の大胆な着想からうまれることが多い。

猿は、この仕事に没頭した。

〈中略〉

この間、信長は猿の作業を外援するため小牧山に大軍を集結し、敵の注意をその方面に吸収しようとした。

このおかげもあって猿は最初の三昼夜、敵襲を受けることなく済み、この間に二千間の城の塀を押し立て、一時に完成の姿を作りあげてしまった。

「墨股の一夜城」

といわれたのは、これであった。

『新史 太閤記』より

【墨俣城データ】
①一夜城　②平城　③木下藤吉郎(豊臣秀吉)　④永禄9年(1566)。現在の天守は平成3年建築の模擬天守閣　⑤石垣の一部　⑥岐阜県大垣市墨俣町　⑦墨俣一夜城歴史資料館　☎0584-62-3322　⑧秀吉が一夜にして築いたといわれる伝説の城。現在、跡地には金の鯱を頂く珍しい四層の模擬天守閣が建てられ、歴史資料館となっている。

●問い合わせ
墨俣町商工会(大垣市)　☎0584-62-6283
●城へのアクセス
JR東海道本線岐阜駅より岐阜バスで20分「墨俣」下車、徒歩10分

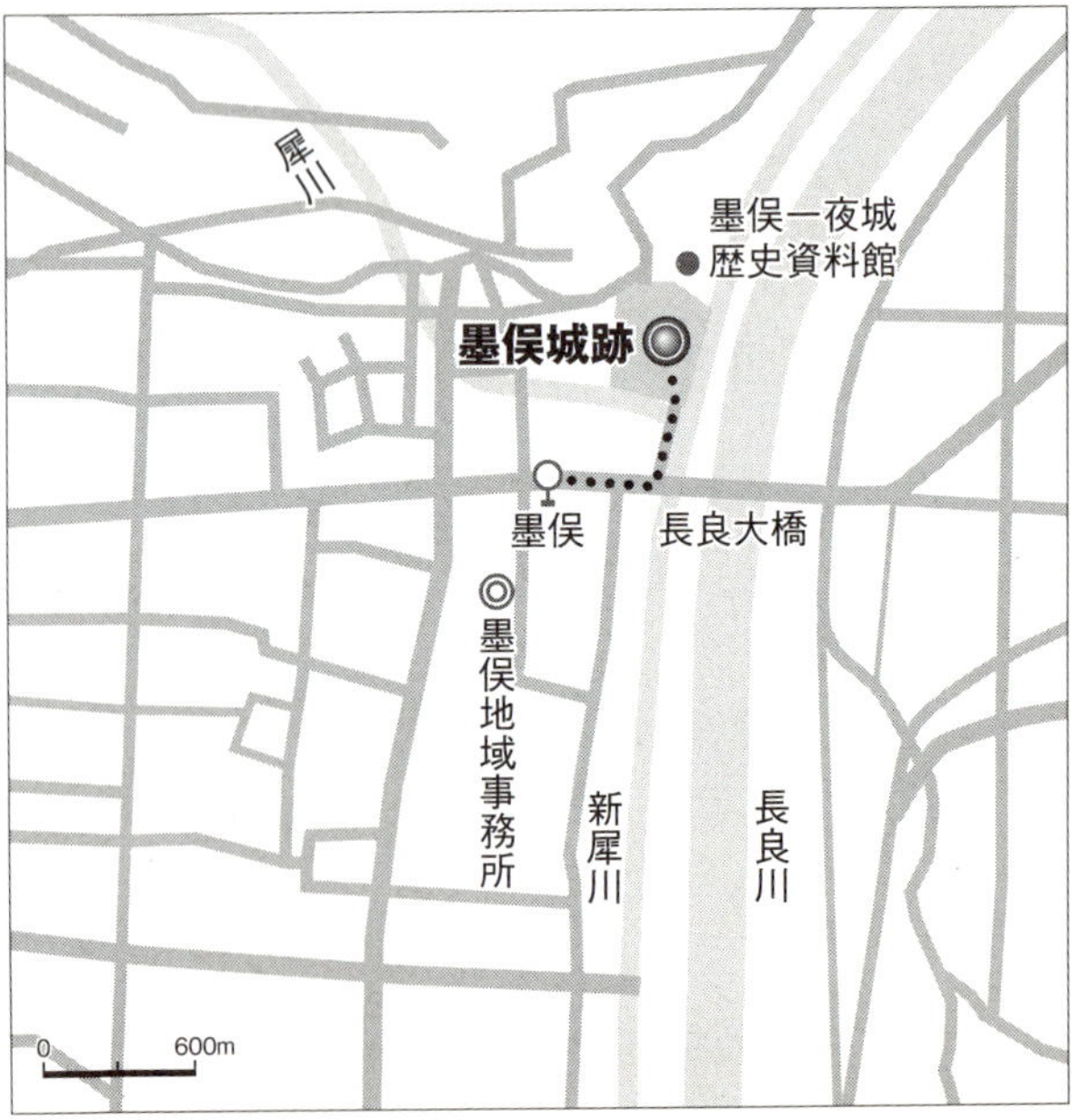

「出世物語」が始まった一夜城

「西美濃を攻めとるには、国境の墨股《すのまた》（墨俣）の河中に城砦《じようさい》を築くにしかず、というのである」。『新史 太閤記』で「猿」は織田信長にその作戦計画を語る。

織田信長の美濃侵攻に先立って、大抜擢された当時「足軽組頭」だった木下藤吉郎（のちの豊臣秀吉）は、国境の長良川の中洲にみごとな城塞を築く。この城は、昼夜の突貫工事によってわずか数日で完成させたことから、驚異と讃嘆の意を込めて「墨俣一夜城」と呼ばれた。「太閤秀吉出世物語」はここから始まった。

濃尾平野を二分して流れる長良川は、美濃と尾張の国境でもあった。織田信長が天下取りの第一歩として、美濃の攻略を企図したとき、最初に越えなければならない難関がこの川だった。まずポイントは、その足がかりとして川の中洲に橋頭堡《きようとうほ》を築くこと。再三にわたる織田家武将による築城失敗ののち、木下藤吉郎は、独創的な築城アイデアを進言し、これが信長に採用される。永禄九年（一五六六）のことである。

それから四百年以上の歳月が過ぎ、川の姿は当時と大きく変わっているが、幸い「墨俣」という地名が残っているため、その場所は容易に見つけることができる。

今も長良川は日の前を流れている。が、築城ドラマが繰り広げられた当時の中洲ではなくなっていた。それでも、上流を見れば稲葉山城（岐阜城）のある金華山が望める。

ここに前線基地を築かれてはまずい。美濃・斎藤軍が手をこまぬいているはずもなく、築城は迅速に行わねばならない。そのため、蜂須賀小六《はちすかころく》らの協力のもと、三千人を動員して、急ピッチで昼夜の突貫工事が行われたという。「一夜城」とはいわれるものの、実際には築城に三日をかけた。現在、墨俣城の跡には立派な天守閣がそびえている。しかし、いかに藤吉郎といえども、これを三日で造るのは無理というもの。そのときの城は小さな砦といったものだった。この天守閣風の建物は竹下政権時代の「ふるさと創生資金」を使って墨俣町が建てたもので、歴史資料館である。

実際の墨俣城は、永禄十年（一五六七）に美濃攻略が終わったところで用済みとなり廃城。その全貌については謎の部分が多い。

犀川堤の千本桜を見に行こう

墨俣一夜城（歴史資料館）　長良川沿いにそびえる四層の天守閣は、現在は町のシンボル的存在。内部は歴史資料館になっていて、地元の旧家から発見されたかつての「墨俣一夜城」に関する貴重な資料などを展示している。また、最上階から眺める長良川や濃尾平野の眺望も素晴らしい。

犀川堤の桜　長良川沿いに二キロにわたって続く桜並木。その数は約千本にもなるという。桜の名所としてシーズンには多くの人でにぎわう。

墨俣本陣跡　墨俣は当時、尾張と美濃を結ぶ交通の要衝でもあった。江戸時代になると宿場町としても栄え、参勤交代の大名はもちろん、琉球や朝鮮の使節もここで休息していったという。現在も市街地の旧街道沿いには宿場町の面影が残っている。また、本陣跡に石碑が立つ。ここの本陣は独眼竜・伊達政宗が宿泊したこともあり「伊達様御本陣」とも呼ばれたとか。

源平墨俣川古戦場　秀吉の一夜城からさかのぼること四百年近く、墨俣は源平の合戦の場でもあった。墨俣川をはさんで、東に源氏三千騎、西に平家七千騎がにらみ合う。一番乗りを目指した源氏方の源《みなもとの》義円《ぎえん》は、川を渡ろうとして平盛綱《たいらのもりつな》に討たれた。「義円

「公園」内には彼を祀る義円地蔵があり、毎年三月の命日に供養が行われている。

岐阜城と『国盗り物語』

『国盗り物語』
新潮社

美濃を足がかりに伸し上がらんとする斎藤道三。その娘婿・織田信長。両者にかかわる明智光秀。戦国の世を生き、斃れた三人の生涯を活写する。

天に数朶《すうだ》の白雲。

下は、びょうぼうたる濃尾《のうび》平野である。

北ははるか飛驒《ひだ》の山々がかすみ、足もとの山麓を長良川《ながらがわ》がうねっている。

(いや、まったく天嶮じゃ)

庄九郎はむろん知るよしはないが、稲葉山は四億年前の地球の造山運動によってできたいわば地球のシワである。

(よくもこれほど大きな野に、かような山があったものよのう)

奇山といっていい。それだけに天が庄九郎のために、何億年前から用意してくれていたような気もする。

(天命なるかな)

とおもうのだ。この山に城をきずき見わたすかぎりの美濃の山河を統一せよということで、天は庄九郎をこの山に登らせたのであろう。

「いや、ここに城を築くにきめた」

「なんでござりまする」

番人が、妙な顔をしている。

「きこえたか」

「いえ、聞こえませぬ」

本当らしい。

「聞こえなんでよかった。左様なことをきけばそちの耳がつぶれるわ」

「はい」

番人はおだやかにうなずいた。

庄九郎はなおも谷をのぞいたり、丸太を組みあわせただけの砦《とりで》を見あげたり、尾根道を一丁ばかり歩いてはまた引きかえしてきたりした。

ひどく楽しそうな顔である。

脳裏に、すでに大城郭の設計《なわばり》がうかびあがっているのであろう。

戦国の英雄というのは奇妙な信仰を心のどこかにもっていて、自分を地上にくだしたのは天であるとおもっていた。

一種の誇大妄想狂《こだいもうそうきよう》である。この「天命」があればこそ、行為はすべて正義であり、そういう強烈な正義観がなければ、誇大さがなければとうてい統一の大業は果たせないものだ。

甲斐《かい》の武田信玄は「天命われにあり」とおもったればこそ父を追って権力の座についたわけだし、奥州の伊達政宗《だてまさむね》も、敵に拉致《らち》されてゆく父の輝宗を敵とともに撃ち殺したのも、この感情である。

事、成就《じようじゆ》すれば「天にもっとも近い者」であることを人に知らしめるために天空を劃《かく》するような城をつくる。

『国盗り物語』より

信長は、全軍に布告した。
「勝負は、二度はない」

それだけの言葉である。父の代以来、十数度この城にピストン攻撃をくわえてきたがことごとく失敗した。しかしこのたびこそ最後の勝負であるという意味である。

風は西風になっている。

その風に乗って、まず、火攻《かこう》を施した。敵の防戦の拠点を灰にするため、城下一帯に火を放ち、とくに神社仏閣や目ぼしい建築物をことごとく焼きはらわせた。その黒煙は宙天に渦《うず》をまき、稲葉山の山容をさえかくすほどであった。この火攻めのために、午後になると稲葉山城は裸城同然の姿になった。

が、天下の堅城である。それでもなお力攻めでは陥《お》ちない。

信長は、城をとりまいて城外に二重・三重の鹿垣《ししがき》をつくり、敵の援軍の来襲をふせぎつつ、持久戦にとりかかり、稲葉山城を兵糧攻めにして干しあげようとした。

滞陣十四日目のことだ。

秀吉はその間、配下の野ぶしをつかい、

「本丸への間道《かんどう》はないか」

と、稲葉山周辺の地理を探索させていたが、ある日、一人の猟師をとらえた。堀尾茂助という若者である。

人間の運命とは妙なものだ。この稲葉山住いの若い猟師が、このあと秀吉の家来になり、累進して豊臣家の中老職をつとめ、遠州浜松十二万石の大名になるにいたる。

この茂助が、

「この山麓《さんろく》の一角に、達目洞《だちぼくどう》という小さな山ひだがございます。そこから崖登《がけのぼ》りすればわけなく二ノ丸に登りつけます」

といった。この一言が、稲葉山城の運命を変えた。秀吉はこの茂助を道案内とし、新規にかかえた野ぶしあがりの蜂須賀小六ほか五人をつれて夜陰、崖のぼりし、二ノ丸に忍びこんで兵糧蔵に放火し、ついで自分の弟（秀長）に指揮させている本隊七百人をよび入れ、さらに間道を進んで天守閣の石垣にとりつき、陥落の糸口をつくった。

その翌日、竜興は降伏し、信長によって助命され、近江へ逃げた。
城は陥ちた。

『国盗り物語』より

【岐阜城データ】
①稲葉山城　②山城　③二階堂行政　④建仁元年（1201）。現在の天守閣は昭和31年の復興　⑤櫓跡、土塁、石垣など（市指定史跡）⑥岐阜県岐阜市金華山　⑦岐阜城　☎058-263-4853　⑧難攻不落といわれながらも、1525～1600年に6度落城の憂き目に遭う。

●問い合わせ
岐阜市役所観光コンベンション課　☎058-265-4141
●城へのアクセス
JR東海道本線岐阜駅・名古屋鉄道名鉄岐阜駅より岐阜バス「岐阜公園歴史博物館前」下車。金華山ロープウェイで山頂から、徒歩8分

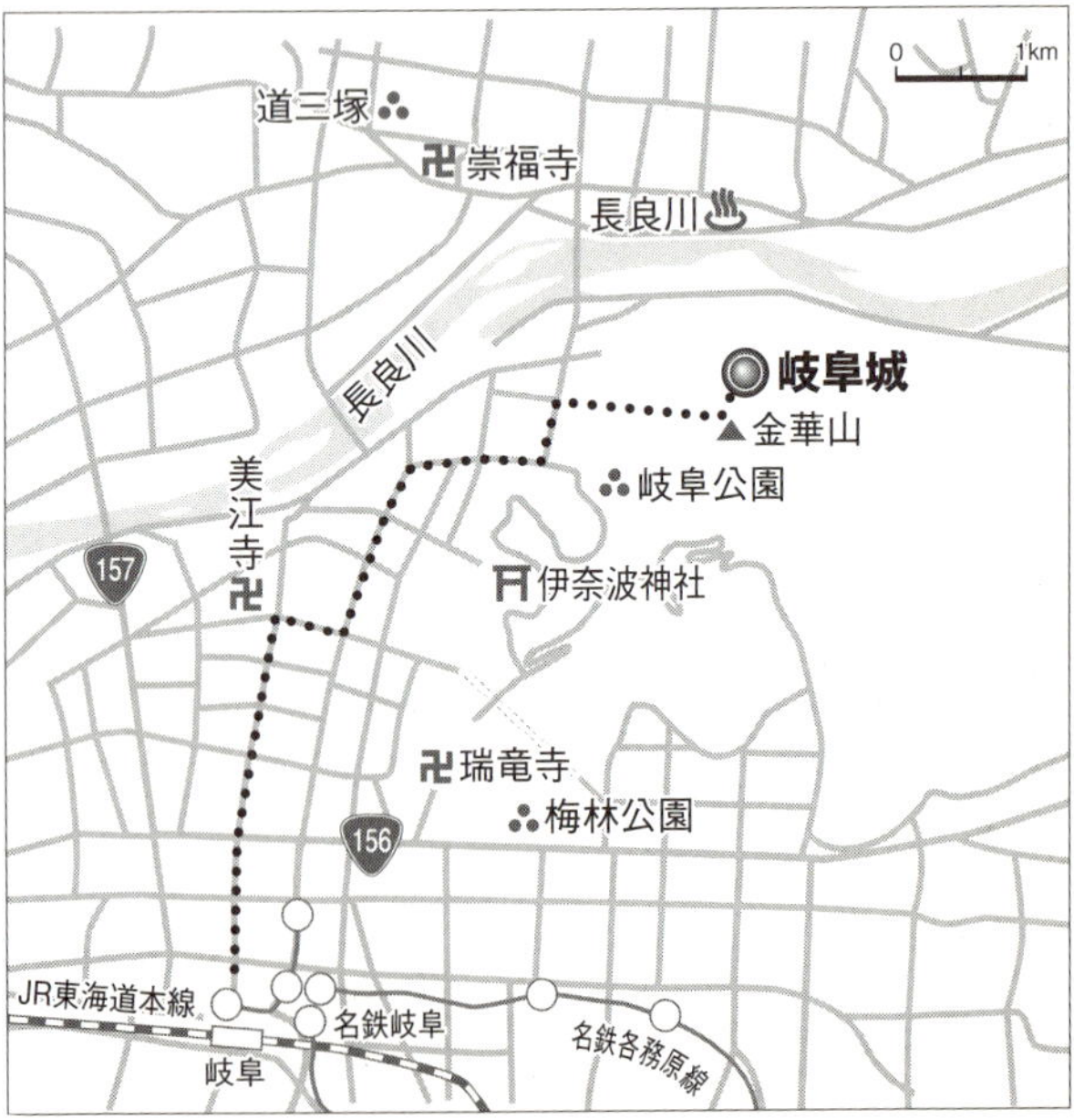

斎藤道三が着目した金華山山頂

「この山頂に城をつくれば、百万の敵がふもとをかこんでも攻めおとせないであろう」と、『国盗り物語』にいう山が金華山である。

濃尾平野……その名のとおり、美濃と尾張の二国にまたがる平野。また、畿内と東国を結ぶ東西交通の要衝でもある。戦国時代は稲作先進地域であり、生産量は百万石を超えていた。黄金の稲穂が実る田園が海のように広がる沃野《よくや》、そのほぼ中央にこんもりと隆起した金華山がある。大平野のなかにぽつんとある独立峰は、大海に浮かぶ孤島といった印象もある。この穀倉地帯を支配して兵を養う城を築くには、これ以上の好立地はない。

天下をめざす武将ならまずこの山に着目すべきである。実際、平安時代の末期にはこの山上に砦が築かれ、十五世紀中期には美濃守護代の斎藤利永が居城を構えた。が、長井新九郎（松浪庄九郎、後の斎藤道三）が美濃の「国盗り」をめざして守護である土岐《とき》家の重臣となった頃、山上の城は重要視されることなく朽ち果てていたという。

美濃を支配することになった道三は、ここに難攻不落といわれる城を築く。しかし、城を築いた道三は息子の義竜《よしたつ》に討たれ、孫の竜興《たつおき》の代に勢力は凋落傾向となる。それにつけこんだ織田信長が美濃に侵攻。永禄十年（一五六七）、ついに城を落とす。その後、信長は大規模な改修工事を行い、ここに居を移した。現天守閣は信長時代のものを模した再建である。ちなみに岐阜城の名もこの頃から。それ以前は、城は「稲葉山城」、城下町は「井ノ口」と呼ばれていた。それを信長が「岐阜」と改名。城も岐阜城と呼ばれるようになった。

金華山は見るからに急峻で難攻不落の感がある。幸い標高三百二十九メートルの山頂までロープウェイが運行しているので、それを利用する。

ロープウェイの山麓駅は岐阜公園。公園の一角には信長居館跡の石垣や土塁、水路などが発掘されている。信長は平時の生活は山麓の居館を使い、山腹から山頂に築かれた城郭は敵が攻めてきたときだけ使用する戦闘用だった。道三の時代も同じ発想で、基本的な縄張りは変わらないという。「東洋で多くの城塞を見てきたが、これほど精巧で美麗なものを見たのははじめてだ」と、岐阜を訪れた宣教師ルイス・フロイスは、山麓の館とその背後にそびえる山城を眺めながら、感嘆したとか。山麓の居館部分だけでも、当時、東洋におけるポルトガルの本拠地だったゴア総督府の一・五倍の規模だった。

ロープウェイは、山頂に向けて動き出す。みるみるうちに高度を増して、背後を見れば、そこには岐阜の市街地が広がっていた。山頂駅に着く。さらに天守閣に上れば、遠くに飛騨の山々の連なり、濃尾平野を見渡す絶景がある。

千三百年の歴史をもつ鵜飼の町

長良川の鵜飼　鵜飼は昔から岐阜を代表する風物。毎年五月十一日から十月十五日まで、岐阜城下の長良川で、川の増水時と中秋の名月の日を除いて毎夜開催される。あの織田信長や徳川家康など、時の権力者の保護をうけてきたという。また、その歴史は千三百年にもなるというから、すでに斎藤道三の治世下でも催されていたはず。道三もまた山上の城から、この幻想的な鵜飼の情景を眺めたのかもしれない。

美江寺《みえじ》　養老元年(七一七)創建という古刹。道三が現在地に移したという。「美江寺観音」として信仰を集めている。

岐阜大仏　江戸時代に三十八年を費やして造られた正法寺に鎮座する釈迦如来座像（高さ十三・七メートル)。別名「カゴの大仏」。奈良、鎌倉とともに日本三大仏に数えられる。

下剋上の代表・斎藤道三

明応三年（一四九四）の生まれといわれるが、その出生については謎の部分が多い。もともとは京都の油商人だったと伝えられ、その後、美濃の守護土岐氏に仕える。当初は松波、西村などの名字を名乗ったが、やがて土岐氏の重臣である長井家の後継となり、さらに守護代斎藤家を継ぐ。「美濃のマムシ」と恐れられ、天文七年（一五三八）には守護の土岐氏を追い出し、美濃一国を奪ってしまう。関東の覇者・北条早雲とともに戦国時代の幕を開けたといわれる「下剋上」の代表的人物。この斎藤道三と北条早雲、将軍足利義輝《よしてる》を謀殺した松永久秀を合わせて「戦国の三梟雄《きょうゆう》」という。

謀略を駆使した道三だが、善政をしいて領民には人気があった。息子の義竜に家督を譲ってからは、稲葉山城（岐阜城）から隠居所の鷺山《さぎやま》城に移る。しかし、義竜の実の父は前守護の土岐頼芸《よりなり》との噂もあり、親子仲は冷えきっていた。義竜は二万の大軍をもって弘治二年（一五五六）に叛乱を起こし、長良川河畔の戦いで道三は討たれる。この時、道三に従った兵はわずか二千名余り、戦国の幕を開けた風雲児には寂しい最期だった。

丸岡城と『街道をゆく』

越前の諸道

『街道をゆく』
朝日文庫

紀行・第18巻「越前の諸道」では、北陸を旅する。曹洞宗の祖・道元や朝倉氏の足跡を追って、日本海と山に挟まれた福井の地へ。

丘の上にのぼって天守閣を仰ぐと、なるほど小さい。

小ぢんまりと積まれた石垣の上に、後世の姫路城などからみれば小屋のような建物がのっかっている。私の手もとの記録によると、一階の底面積はわずか四十二坪にすぎない。二階は十二坪、三階も同様十二坪である。

要するに、この城の最初の築城者にとって、天守閣は望楼の役をするだけでよかったのであろう。この種の構造が、権威・権力の象徴として考えられるようになったのは織田信長の安土城からで、世間一般にも天守閣の効用を、実用以外には考えていなかったかと思われる。

石段が真っすぐに入口にむかってついている。のぼってなかに入ると、梁と柱が縦横にめぐらされていて、構造の堅牢さをおもわせた。

ただし、第三層までつらぬく通し柱がないのである。要するに、構造からいえば、第一層をしっかり造って、第二層、第三層をその上に載せたにすぎない。

私どもは越前の風土的実力というものを、農村に点在する古い瓦ぶき民家に見た。この天守閣をながめていると、そのつくり方、造形上の特徴、あるいはごく感覚的なことながら風合《ふうあい》とでもいうべきものが、越前古民家に似ているのである。

城郭建築の場合、大工は当然、宮大工が用いられる。越前にあっては平泉寺《へいせんじ》に所属する大工は技術も感覚も古かったであろう。当時の平泉寺の坊は、檜皮《ひわだ》ぶき平屋が多かったはずである。それよりもくだって、鎌倉末になり、永平寺をおこすことで技術参加した大工たちのほうが、瓦ぶきの建物に馴れており、大廈高楼《たいかこうろう》をつくる技術をもっていたはずである。永平寺第三世義介は、大建築をつくるためにわざわざ中国の天童山その他に行って見学し、土地の大工もつれて帰った。大工は、港の明州（寧波《ニンポー》）や杭州などの人が多かったと思える。

「杭《くい》の杭州《こうしゅう》にゆくと、日本の民家のつくりに似た民家が多い」

という話を、そこへ行った人からきいたことがあるが、傍証的には十分ありうべきことなのである。

ともかくも永平寺大工の影響が福井県（越前）の古い民家にのこっていると見るのは、そのように見ないよりも不自然ではない。さらにいえば、この丸岡城天守閣にも、その影響が皆無とはいえそうにないのである。

『街道をゆく』越前の諸道より

【丸岡城データ】
①霞ヶ城　②平山城　③天正4年(1576)　④柴田勝豊　⑤天守閣2層3階、高さ12.6m（国の重要文化財）、本丸跡石垣の一部など　⑥福井県坂井市丸岡町　⑦丸岡城管理事務所　☎0776-66-0303
⑧現存する日本最古の天守閣を擁するこの城は、ドイツのマルクスブルグ城と姉妹城。1231年から今まで、ライン河畔で唯一破壊されたことがないという古城だ。

●問い合わせ
坂井市観光課　☎0776-50-3152
●城へのアクセス
JR北陸本線福井駅より京福バス「本丸岡」下車、徒歩10分

日本最古の素朴な天守閣

昭和五十五年、司馬遼太郎は『街道をゆく』で丸岡城を訪ね、その建築について思いをめぐらしている。

二層三階の小ぶりで素朴な天守閣は、日本で現存する十二城……北から、弘前城、松本城、犬山城、ここ丸岡城、彦根城、姫路城、備中松山城、松江城、丸亀城、松山城、宇和島城、高知城のなかで最古といわれる。

ここまで幾多の戦乱や災害をくぐり抜けてこられたのは、城にまつわる伝説によるものか。この城が危機に陥ると、大蛇が現れて霧を吐き、城を隠して守るという。それゆえに「霞ヶ城」とも呼ばれる。

北陸の山々が間近にまで迫った越前平野のはずれ、戦国時代から知られる穀倉地帯の一角に丸岡はある。秋ともなれば、豊かに実った稲穂の黄金色に町は染まる。そのなかにぽっかりと島のように浮かぶのが丸岡城だ。

城の完成は天正四年（一五七六）。築いたのは柴田勝豊。織田信長の軍にあって、有力武将として知られる柴田勝家の甥にあたる。丸岡城は、勝家が本拠とする北ノ庄城（現福井市）を守る重要な支城だった。城主は、柴田勝豊の後、安井氏、青山氏、今村氏、本多氏とめまぐるしく変遷。元禄八年（一六九五）に有馬清純が糸魚川《いといがわ》より五万石で転封されて、やっと落ち着く。その後は波乱なく有馬氏が八代続いて明治維新を迎えた。

この間、城の主は代わっても築城以来の天守閣だけはずっと変わらない。その古さが貴重な天守閣は、二層三階という特異なスタイル。外見は台となる下層に上層の望楼が載った二階イメージだが、内部は通し柱のない完全な三階である。また、屋根は全て石瓦で葺かれていて、その姿は虚飾を排した質実な趣だ。

天守閣以外にもこの城には、戦いを意識した戦国時代の風情が漂う。たとえば武骨な「野面積《のづらづ》み」によって築かれた石垣。美観よりも堅牢さを優先させたものだ。また、昭和の初期までは、最大幅九十一メートルにもなる五角形の広い堀に囲まれていたという。こちらは残念ながら埋められてしまった。城跡の周囲の道路がその名残だ。小城ながら、備えのしっかりしたなかなかの堅城だったようである。

最短の手紙文がきっかけに……

霞ヶ城公園　丸岡城の足下、丸岡城の築城四百年を記念して、昭和五十四年に造られた日本庭園式公園。園内には約四百本のソメイヨシノの木があり、例年三月下旬～四月上旬の桜の季節には花見客でにぎわう。「日本さくら名所100選」の一つでもある。

歴史民俗資料館　霞ヶ城公園内、白壁、瓦葺きの城造りを模した資料館。歴代城主ゆかりの武具や古文書などが展示してあり、丸岡の町の歴史を今に伝えている。

一筆啓上の碑　天守閣の石垣の近くには、「一筆啓上　火の用心　お仙泣かすな　馬肥せ」と書かれた碑がある。これは、徳川家康の重臣で、猛将として知られる本多作左衛門重次が、陣中から家族に書き送った手紙文。「お仙」とは作左衛門の嫡子の仙千代のことで、後に六代目丸岡城主になった本多成重。短い文章のなかにも、家族への思いやりあふれる手紙文として広く知られている。この日本で最も短い手紙文をきっかけに、丸岡町では、心のこもった「日本一短い手紙」「日本一小さな物語」を全国から募集する「新一筆啓上賞」を主催。平成五年に前身の「一筆啓上賞」が始まって以来、毎年数万通の応募がある一大イベントとなっている。

近畿篇

長浜城と『播磨灘物語』『功名が辻』

『播磨灘物語』講談社

播州・姫路に生まれた黒田官兵衛。有岡城への幽閉、中国大返し、関ケ原の裏の九州攻め——冷静な判断力で秀吉をも恐れさせた武将の生涯。

『功名が辻』文藝春秋

戦国……信長、秀吉、家康。三人の覇者の時代を、妻・千代の内助の功で、巧みに渡り、ついに土佐一国の大名となった山内一豊の痛快出世物語。

長浜の城は、湖岸にある。

もともと今浜という村だったのを、発音が口ごもって陰気くさいというので、秀吉が長浜という呼称に改めた。

信長が浅井氏をほろぼしたあと、その旧領である北近江の大半を秀吉にあたえたのである。浅井氏の城は、北近江の小谷《おだに》という在所の山頂にあった。秀吉はその小谷城にすわってもよかったのだが、小谷の山頂の城に一顧もせずに湖畔に新城を築いたのは、秀吉の卓見といえる。

山城が防御力において強いのは当然だが、秀吉は城についてあたらしい見解をもっていた。城下町を形成して商業の中心たらしめるほうが大事だという思想なのである。商業を盛んならしめて国富をつくりあげることがそのまま防御力につながるとおもっており、このためには水陸の交通の要衝に城を設けねばならない。秀吉が城を小谷の山から湖畔の長浜へおろしたのは、そのためであった。

官兵衛は長浜にむかいつつ、この点をおもしろく思いつづけた。かれは岐阜において信長から安土《あづち》城の構想をきいていたが、この安土城も湖畔の城である。秀吉が信長の着想に先んじたのか、それとも信長にその思想があって秀吉がいちはやく取り入れたのか、いずれにせよ、城が商業の中心になるというのは、それ以前にない考え方であった。

（織田家は、諸事あたらしい）

と官兵衛はおもわざるをえないし、かれが主家の運命をここに託したのも、それあるがためであった。

長浜の城下は、どの商家の建物もまだあたらしい。

官兵衛は、町を検分するようにして歩いた。浜に出ると、船が十数艘も碇《いかり》をおろしていた。若狭の商人の船もあれば、越前商人の船もある。大津へ米を運ぶための船もあった。湖畔にはそれらの荷をおさめる長浜商人の蔵がならび、城下というよりも小規模な商都を見るにひとしかった。

（——秀吉は商人《あきんど》か）

官兵衛は一種ふしぎの思いがした。

『播磨灘物語』より

「そうではない」伊右衛門は口をつぼめていった。

「大根を食うと、口臭がにおう。筑前様（秀吉）のお前に出てもし匂うようなことがあっては申しわけない」

こういう武士も、この時代めずらしかった。

退屈な包囲戦だから陣中はうわさに飢えている。このうわさが諸陣にひろがり、ついに秀吉の耳に入った。

（可愛い男よ）

と秀吉が思ったのもむりはない。さしたる武辺者《ぶへんもの》ではないが、伊右衛門のとりえはそういうところだ、と秀吉はみていた。

それを、山崎合戦後の論功行賞の時に秀吉は思い出し、

「伊右衛門は槍さきの働きこそなかったが、天王山から光秀の先鋒へ打ちかけた鉄砲は、伊右衛門の足軽の弾がもっとも当りが多かったように思われる」

というあいまいな理由でその働きをほめ、石高は三千石、わずかに加増した。

そのかわり、その居住地である長浜の地をあたえた。
もはや、伊右衛門と千代は長浜に屋敷をもつというだけではない。
領主である。
しかも、長浜にはかつて秀吉が信長の大名に取りたてられた当初に築いた城がある。
その城に入れてもらった。
もっとも、城主ではない。
城番である。
とはいえ、石垣の上から、琵琶湖と近江平野を見おろす城住いの身分となった。
「千代、とうとう一城のぬしになったぞ」
伊右衛門は無邪気によろこんだ。
が、三千石、城番。要するに秀吉の役人にすぎない。
最初の夢の一国一城ではないのである。
(この人は、まだまだ作りあげてさしあげねば、そこまではゆけぬ)
山内一豊が、多少とも英雄の名に値いするとすれば、すべて千代の作品であった。その千代は、山崎合戦での秀吉の言動、諸将の動きで多くを学んだ。これが後年、関ケ原前夜に生かされるとは、千代自身も予言者でないため、夢にも思わなかった。

とまれ、戦後の論功行賞で、伊右衛門は、長浜三千石になった。

『功名が辻』より

【長浜城データ】
①今浜城　②平城（水城）　③羽柴秀吉　④天正3年（1575）。現在の天守閣は昭和58年に歴史博物館として再建されたもの　⑤本丸跡、石垣、井戸跡、門（移築）など（市指定史跡）　⑥滋賀県長浜市公園町　⑦市立長浜城歴史博物館　☎0749-63-4611　⑧昭和58年に「町おこし」の一環として再建された天守閣の総工事費用は10億円を超えたとか。うち4億3千万円は市民からの寄付だったという。

●問い合わせ
長浜市役所観光振興課　☎0749-62-4111
●城へのアクセス
JR北陸本線長浜駅より徒歩5分

琵琶湖に浮かぶがごとき水城

司馬遼太郎は『播磨灘物語』で、秀吉の長浜城について「城が商業の中心になるというのは、それ以前にない考え方であった」という。

長浜城は豊臣秀吉の覇業の試金石となった「出世城」。また、山内一豊も城番と城主を経験した。琵琶湖に浮かぶようにそびえる天守閣が美しかったという。琵琶湖水運と北国街道が交わる地、湖岸で有数の商都としてにぎわった城下町に、今も当時の面影が残る。

長浜の町は、想像していた以上ににぎわっていた。旧北国街道沿いに立ち並ぶ古い商店や町家は、外観はほぼそのまま、しゃれたショップに改装され、多くの観光客を集めている。湖畔の古い商都の家並みを利用した「町おこし」がみごとに当たった。これも秀吉の遺産といえるだろう。

織田信長は北近江の浅井《あざい》家を滅ぼした後、秀吉にその旧領を与えた。「猿」と呼ばれた男は、名を木下藤吉郎から羽柴秀吉と改め、ついに城持ち大名となる。

それ以前まで北近江を支配していた浅井家の小谷《おだに》城は、要害ではあるが交通の便が悪い山城だった。秀吉はこれを嫌って新たに城を築くことを決める。一説には滅びた浅井氏の怨念を恐れ、小谷城を避けたともいわれるが、商業に並々ならぬ興味を示していた秀吉のこと、その理由はやはり北近江随一の商都の建設にあったはずだ。

それを裏付けるように築城の地には、琵琶湖の水運と北国街道の要衝だった今浜を選ぶ。この地が後に名を「長浜」と改め、秀吉の城下町として発展してゆく。

長浜城跡は、町の中心部から少しはずれて、ＪＲの線路をわたった琵琶湖畔にある。秀吉の城は、近江源氏の流れをくむ名族、佐々木氏の居館跡に、天正三年（一五七五）、築かれた。琵琶湖に浮かぶようにして郭が張りだした水城だったといわれ、安土城の信長から呼び出しがあれば、秀吉はここから舟を仕立てて急行したことだろう。

長浜城は元和元年（一六一五）に廃城と決まり、取り壊された。それが、およそ三百七十年を経た昭和五十八年に、歴史博物館として天守閣の再建がなった。天守閣からの琵琶湖の眺めが素晴らしい。羽柴だった秀吉の時代なら、安土城をはじめ、湖畔に並ぶ織田軍団の城を望めたことだろう。

水運と街道が育んだ独自の文化

豊《ほう》公園　かつての長浜城跡は、明治四十二年（一九〇九）に公園として整備され、市民の憩いの場となった。琵琶湖を望む園内には、石垣や「太閤井戸」など当時の遺構も点在している。また、九百本におよぶソメイヨシノがあって「日本さくら名所100選」に数えられる花見の名所。

大通寺　真宗大谷派の長浜別院で、天正年間（一五七三〜九二）に湖北の町年寄が造った惣会所が発祥といわれる。長浜城内など数度の移転を経て、慶安二年（一六四九）、現在地に移転。本堂は東本願寺にあった伏見城の遺構、台所門は長浜城の城門を移築したものといわれる。

長浜曳山まつり　長男の誕生を喜んだ秀吉が、領民に砂金を与え、それに応えた領民たちが山車《だし》をつくり、城下を曳き回して祝ったのが発祥といわれる。毎年四月中旬、派手好き、祭り好きの秀吉ゆかりの豪華絢爛な装飾を施した曳山が市内を練り歩く。

鮒《ふな》ずし　琵琶湖の名物、太古から湖岸の地方に伝わる発酵食品「なれずし」。今は希少となった琵琶湖在来種のニゴロブナを使ってつくるだけに、値段は高め。独特のにおいから敬遠する人も多いが、一度食べると病みつきになるとか。酒の肴《さかな》にもってこいだ。

彦根城と『街道をゆく』

近江散歩、奈良散歩

『街道をゆく』
朝日文庫

紀行・第24巻「近江散歩、奈良散歩」。滋賀・近江路への旅では、柏原宿、彦根城、姉川・小谷城趾、安土城趾などを訪ねる。

彦根城の築城は、家康の意図から出た。

かれはいずれ大坂城の秀頼を討滅せねばならないと見、井伊家の重臣たちに縄《なわ》張《ばり》の地を物色させていたが、やがて重臣たちが彦根山（金亀山）にきめたとき、大いに賛同した。

御縄張（註・設計）ノ御指図モ是《これ》アリシ也。（『井伊家年譜』）

家康は築城を公儀普請とし、江戸から普請奉行三人を派遣しただけでなく、伊賀、伊勢、尾張、美濃、飛騨、若狭、越前の七カ国十二大名に手伝わせた。

私どもが彦根の駅前のひろい商店街通りに入ったときは、覚悟していたようにすでに夜だった。人通りがなく、それだけに両側の店々のあかりがかえってさびしく、雪の季節でもないのに、北国の街に入ったような清らかさがあった。

やがて彦根城のそばをすぎ、湖畔に近づき、渚《なぎさ》のそばにあたらしくできたホテルに入り、荷物をおろすと、ロビィで息を入れた。

ロビィは、湖水の側が大きなガラス戸になっていて、そのまま水のたゆたいが視野いっぱいにひろがってみえる。ただし、いますぎてきた彦根城の丘が岬のようにつき出していて、遠景をなしていた。

その夜の湖水を中景にして、彦根城の天守閣が照明をうけて白々とうかんでいるのを見たとき、ときめくほどに感動した。

維新のとき、太政官令《だじようかん》によって多くの城がこぼたれたが、伝承によると、明治天皇がこの城を見、その典雅さに感じ入ってぜひ残せということで残されたともいわれている。

たしかに、彦根城は、西国三十余カ国に対して武威を誇る象徴というよりも、むしろ湖畔にあって雅びを感じさせるやさしさを持っている。家康の「御縄張ノ御指図」の功なのか、あるいは近江の古建築の感覚が反映したのか、そのあたりは推量するよりほかないが、ひるがえって考えてみると、建物も石垣も、この付近の旧佐和山城や佐々木氏（六角氏《ろつかく》）の観音寺城など在来の古城郭のものをとりこわして移された。いわば旧建造物をたくみにモザイクしたものであったということを思うと、近江建築の理想的な結晶体といえなくはない。

『街道をゆく』近江散歩、奈良散歩 より

【彦根城データ】

①金亀城　②平山城　③井伊直勝　④慶長 11 年（1606）　⑤天守閣 3 層 3 階、附櫓、多聞櫓（国宝）、太鼓門、天秤櫓、西の丸三重櫓、二の丸佐和口多聞櫓、馬屋（国の重要文化財）など　⑥滋賀県彦根市金亀町　⑦彦根城博物館　☎ 0749-22-6100　⑧周囲の緑が濃く、白壁の古城が月明かりに浮かぶ姿は幻想的で、「月明、彦根の古城」として琵琶湖八景の一つに選ばれた。夜間ライトアップされる。

●問い合わせ

彦根観光協会　☎ 0749-23-0001

●城へのアクセス

JR東海道本線・近江鉄道彦根駅より徒歩 15 分

月明かりに浮かぶ幻想的な古城

昭和五十八年、司馬遼太郎は近江路を歩き、彦根を訪ねた。六十歳のときである。

藩政時代からの天守閣が現存する彦根城。その美しさは、日本に数ある天守閣のなかでも屈指。国宝に指定されている天守閣は、今も昔も町のシンボルであり、誇りである。

ＪＲ彦根駅を出ると、駅前から大通りがまっすぐ彦根城へ向かってのびる。城は今も町の中心にある。城を囲む二重の堀、石垣と白壁が美しい郭は、本丸、西の丸、二の丸とそのほとんどが現存し、藩政時代の壮大な城域を、当時のままに実感することができる。

そして、天守閣もそのまま……これほど完全な形で残っている城郭は珍しい。

明治天皇がこの天守閣を見て、美しさに感動、保存を強く主張されたとか。司馬遼太郎もまた、彦根を訪れた際、夜間にライトアップされた天守閣の幻想的な眺めに感動している。

明治維新後、全国に吹き荒れた「廃城令」の嵐から、その「美しさ」で命を救われたこの建築は、徳川家康によって江戸に幕府が開かれて間もない慶長八年（一六〇三）に着工された。

関ヶ原の戦の軍功により彦根十八万石を与えられた井伊家は、西軍の盟主・石田三成の居城、佐和山城や京極高次がいた大津城など、近隣の城郭を破壊してその資材を使い、琵琶湖畔にこの大城郭を築いた。

このとき、現在のJR東海道本線をはさんで彦根城と相対する位置にあった、五層の天守閣を誇ったという佐和山城は、痕跡の残らぬほど徹底的に破壊される。それは、三成の存在を歴史上から消そうとするがごとくであった。

その後、幕府に信任を受ける井伊家は加増され、譜代で最高の三十五万石を得て、代々の藩主は幕府の要職にもついている。強権的な幕政立て直し策と桜田門外の変によって名をのこす幕末の大老・井伊直弼《なおすけ》もその一人。直弼は十四番目の末子、藩主になるまでは日陰者の境遇だった。

直弼が不遇の時代を過ごした家が、堀端にある。自分は世に出ることのない埋木と、自嘲気味に名付けた「埋木舎《うもれぎのや》」なる質素な屋敷。ここは、京を舞台に活躍した美貌と才知の女間者・村山たか女との交情の場ともなった。

井伊家ゆかりの潤沢な美を探る

金亀公園・井伊大老像　彦根城を含む公園で「日本の都市公園100選」にも選ばれている。園内には彦根城のほか、大老・井伊直弼の銅像や、直弼の居宅だった「埋木舎」、もとは四十七本あったことからその名がついた松並木「いろは松」（現在は三十四本）などがある。

彦根城博物館　彦根城内にかつての表御殿（藩の政庁）を復元して建てた歴史博物館。館内には、井伊家に伝わる家宝や歴史的資料が展示されており、その数およそ六万五千点。譜代大名・井伊家の伝統と栄華を伝える。敷地内にある能舞台は、明治時代に他所に移築されたものを博物館開設時に元の場所に再移築。実際に能や狂言などの公演が行われる。彦根城めぐりに疲れたら、庭園にある茶室で抹茶をいただいてひと休み。

楽々園　彦根城内堀に隣接してある旧藩主の下屋敷「槻《けやき》御殿《ごてん》」跡。延宝七年（一六七九）に完成した建物が健在。全国的にも城郭御殿が現存している例は珍しいという。

玄宮園　楽々園の東側に隣接する井伊家旧下屋敷の庭園で、楽々園の庭園とともに国指定の名勝。延宝五年（一六七七）、四代藩主・井伊直興が近江八景をモデルに造営したもので、季節ごとに風雅な表情を見せる大名庭園。

安土城と『街道をゆく』

近江散歩、奈良散歩

『街道をゆく』
朝日文庫

紀行・第24巻「近江散歩、奈良散歩」。滋賀・近江路への旅では、柏原宿、彦根城、姉川・小谷城趾、安土城趾などを訪ねる。

私はそのころから登りがにがてで、途中、何度か息を入れた。

かれは、そのつど、たかだかと声をあげて、

「登れ。のぼると美しいものが見られるぞ」

と、追いたてた。

最高所の天守台趾にまでのぼりつめると、予想しなかったことに、目の前いっぱいに湖がひろがっていた。安土城は、ひろい野のきわまったところにあるため、大手門趾からの感じでは、この山の裏が湖であるなどは、あらかじめ想像していなかった。

古い地図でみると、山というより、岬なのである。琵琶湖の内湖である伊庭《いば》湖《こ》（大中《だいなか》の湖《こ》）にむかってつき出ている。この水景のうつくしさが、私の安土城についての基礎的なイメージになった。織田信長という人は、湖と野の境いの山上にいたのである。

こんども、安土城趾の山頂から、淡海《あわうみ》の小波《さざなみ》だつ青さを見るのを楽しみにし

て登った。

「上に登ると、真下から湖がひろがっていますよ」

と、長谷忠彦氏にも期待させた。登り口の大手門趾付近もむかしに変っていなかったし、山中の石畳、石段、樹林も変っていない。滋賀県は偉大だとおもった。いまの時代、変えようと思えば、うずうずしている土木資本と土木エネルギーをいつでもひきだすことができる。変えずに堪えていることのほうが、政治的にもむずかしいのである。

石段をのぼるつらさは、むかしと変らない。われながら浅ましいほどに大息をついては休息したが、須田画伯は八十歳手前であるのにしなやかな足どりで登り、途中、スケッチをしたりしている。体の出来がちがうのである。

安土城の築城は、突貫工事だった。『信長公記』に、

昼夜、山も谷も動くばかりに候へキ。

と、ある。当時の人夫もつらかったにちがいない。

「山頂では、夕陽が見られるでしょう」

私は、つらい息の下で言った。

が、のぼりつめて天守台趾に立つと、見わたすかぎり赤っぽい陸地になっていて、湖などどこにもなかった。

やられた、とおもった。

『街道をゆく』近江散歩、奈良散歩 より

【安土城データ】
①なし　②山城　③織田信長　④天正４～７年（1576～79）　⑤天守台、本丸、二の丸、三の丸、八角平、薬師平、黒鉄門跡、東門跡、土塁、石垣、堀、井戸など（国指定特別史跡）　⑥滋賀県蒲生郡安土町　⑦安土城考古博物館　☎0748-46-2424　⑧築城以前から安土山は信仰の山として人々に崇められていたといい、信長は城の名を安土寺から採ったものとされる。

●城へのアクセス
JR東海道本線安土駅より徒歩20分

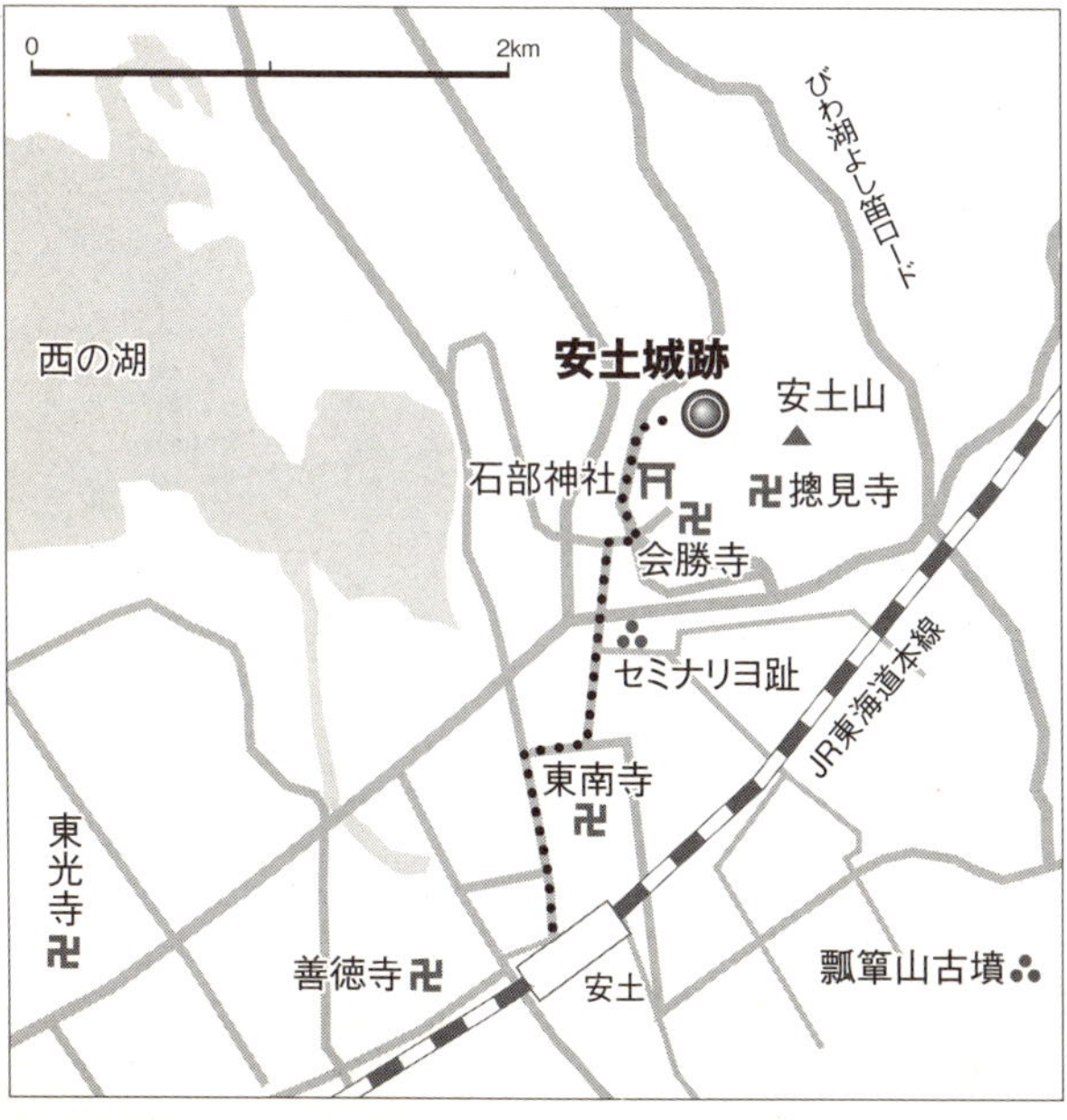

燃え尽きた「常識を覆す」大天守

司馬遼太郎は『街道をゆく』に、はじめて安土城趾を訪れた中学生時代の思い出を書いている。

織田信長が、天下布武の集大成として琵琶湖畔に築城した安土城。山頂には、金色に輝く絢爛豪華な天守閣がそびえ立ち、眺める者の度肝を抜いたことだろう。壮大な規模もさることながら、すべてが斬新で、いかにも時代の先駆者らしい城。その建物の命は短かったが、人々に与えた印象は強烈で、信長全盛期の象徴となった。

天正八年（一五八〇）は、十年におよぶ本願寺との抗争に勝利し、日本列島中心部をほぼその手中におさめた織田信長の絶頂期だった。そんな信長の権威の象徴ともいうべき安土城も、この年に完成している。四年におよぶ大工事で完成した大城郭は、それまでの信長の生き様を反映したように、すべてがこれまでの「城」の常識を覆す、前代未聞のものだったとか。

その城跡を訪ねてみる。琵琶湖沿岸は中世より穀倉地帯として知られてきた。広がる田園風景のなかに、城のあった安土山が見える。緩やかな稜線には、かつて無数の建造物が並んでいたはず。そして、山頂には五層七階の豪壮な天守閣がそびえていたという。金箔の瓦で葺いたともいわれる天守閣が、陽光に燦然《さんぜん》と輝く様は崇高さを漂わせ、覇者の城にふさわしい威容で眺める人々を圧倒。ここに「時代の王たる者あり」を示した。

天正十年（一五八二）、その天守閣も他の建造物もろともに、すべて燃えてしまった。本能寺で信長が自刃した後、城は明智光秀に接収されたが、光秀は山崎の合戦で羽柴秀吉に敗れる。その混乱のなかで城に火がかけられたのだ。放火したのは城を守備していた明智秀満とも、明智軍退去後に城を占領した信長の次男・信雄ともいわれるが、真相は闇の中である。

城は燃え尽きた。しかし、石垣は残り、そこにあった城塞の壮大な規模を現代に伝えている。

山麓からかつての大手道をたどって本丸へ上る。幅広い石段の両側には、石垣で囲われた諸将の館跡が続く。当時、十数万の動員力を誇った織田軍団、館跡も蜿々《えんえん》と続く。中腹あたりに羽柴秀吉邸跡もあった。主郭も広大だ。城の頂点である本丸の天守台跡までは、まだかなりの距離がある。安土城跡めぐりは山登りを覚悟したい。

信長が生き様を反映させた土地

安土城郭資料館　ＪＲ安土駅前にある。二十分の一サイズの安土城天守閣のひな形や、天正少年使節を題材にした陶板壁画、安土山・繖《きぬがさ》山の模型などを展示している。二階には、信長や安土城に関する文献が豊富にそろった「安土文庫」があり、安土城や、中世の安土の町について知りたいならまずここを訪ねたい。

安土城考古博物館　安土城、観音寺城、瓢箪山古墳など、「近江風土記の丘」の中心施設。地元の遺跡に関する資料や出土品を数多く展示する。

安土城天守・信長の館　スペインのセビリア万博に出展された復元安土城天守閣を展示。これは天守閣の五・六階部分を原寸大で正確に復元したもの。あでやかな往時の安土城の姿を見る。

セミナリヨ趾　かつての安土は、国際色豊かな城下町だった。キリスト教に寛容だった信長は、安土城下にポルトガル人宣教師の在住を許し、そのためキリスト教関連施設が数多く建てられた。現在、セミナリヨ（神学校）の跡地などが発掘されている。

観音寺城跡　かつて近江国南部を支配した六角氏の居城。日本有数の大城塞だったが、信長軍により陥落させられた。城跡の石垣などが山中に残っている。

伏見城と『梟の城』『関ケ原』

『**梟の城**』
新潮文庫
春陽文庫

『**関ケ原**』
新潮社

司馬遼太郎初の長編小説であり、第42回直木賞を受賞した記念すべき作品。豊臣秀吉の暗殺をめぐる伊賀忍者たちの激しい戦いを描く。

わずか一日で決した、天下分け目の決戦、関ケ原。戦に至るまでの知略、策謀、人間模様。そして運命の日――迫力の筆致でその流れを追う。

石垣は事もなく登りつめたが、なお白壁が聳《そび》えている。

重蔵は、細引に付けた熊手《くまで》を城壁の屋根の向うに投げて、ゆっくりと登りはじめた。

重蔵の影が城壁のむこうに消えた瞬間、待っていたように水面から頭を出したのは、五平であった。五平も、石垣の隙間へクナイを打ちこみ、右に左に体をせりあげて行った。

城壁の内側に降りた重蔵は、逃げ口に必要な忍び道具を草の間にかくし、濡れそぼった装束をぬいで石をくるんだ。城兵に追われた場合、この装束を濠に投じて、あたかも自分が投水したように擬装するためであった。

別に、油紙に包んだ装束を用意している。急いで着更《きか》え、草鞋《わらじ》を捨てて忍び足袋を懐ろに入れた。足袋の裏に真綿が縫い刺されてあり、家屋に侵入する間《ま》際《ぎわ》に、伊賀の者達は使用する。

重蔵は、城内の建物の配置を見定めると、建物の蔭《かげ》から蔭を、素早く縫いはじめた。

　やや遅れて、同様の場所に五平も降り立った。しかし、重蔵の姿は、すでにない。五平は焦《あせ》ったのであろう。袂《たもと》を立ちしぼりすると、すぐさま城壁の銃眼からの石段を、ころぶように降りて行った。出来れば、重蔵よりも一足さきに秀吉の居館の前に行きつきたかった。重蔵が到着すると同時に呼び子を吹いて人を集め、自分が踏み進んで重蔵を斬るか捕える。侵入者を現場の位置で、しかも人々の目の前で抑えるというのが、伊賀者らしい五平の智恵《ちえ》であった。むろん、自分は大声で名乗るわけである、――われは前田玄以の家来何某《なにがし》であり、こなたは、太閤殿下を弑《しい》し奉《たてまつ》ろうとする葛籠《つづら》重蔵という者である、と。

　されば、捕獲後必ず太閤の目通りが叶《かな》う運びになろう。太閤は気さくな男ゆえ、直々《じきじき》に言葉を与えて、即座に恩賞をきめるに相違ない。無論、その恩賞は、たかだか五万石の前田玄以によって得られるものとは、格段の開きがある。五平はそう思った。

　ところが、秀吉の居館らしいものは容易にみつからなかった。この点に彼の用意にぬかりがあった。当然のことながら、命をかけて潜入しようとする重蔵ほどには、彼は伏見城の研究をしていなかったのである。

五平は、天守閣へ向った。しかし重蔵は、その方向にはむかわなかった。刺客に対して用心ぶかい秀吉は、城池の中に、さらに小さな城池を営んでいるのである。天守閣から東南の方向に馬酔木《あしび》の森があり、そこをくぐりぬけると、豪奢《ごうしゃ》な庭園に入る。池が濠のごとく囲繞《いにょう》し、中央は島になっている。島の上に三層の楼閣を構えているのが、秀吉の常住の居館であった。

『梟の城』より

「ご無用でござる」としか、鳥居彦右衛門はいわない。

この老人は家康に伏見城残留を命ぜられたときから、すでに死を決意している。増田長盛はさらにその家来の山田半平をして開城を勧告させたところ、

「かさねてかようなお使いあらば、軍神の血祭りにその首を刎《は》ね申すであろう」

といった。

交渉は打ち切られ、攻防戦が開始されたのは七月十九日の夕刻からである。

この十九日の朝、彦右衛門はみずから城外に出、丘陵のあちこちを歩いて防戦にさわりのある民家を焼きはらわせ、正午前に城内にもどると、すぐに部署をきめた。西軍が包囲したのは、その日の薄暮である。

城は桃山の丘陵上にあり、七つの小要塞《ようさい》を巧みに組みあわせてできあがっている。本丸、西ノ丸、三ノ丸、治部少輔丸、名護屋丸、松ノ丸、太鼓丸の七郭で、それぞれ連繫《れんけい》して攻防できるようになっており、丘陵の下からの攻め口が少なく、防御には理想的な城といっていい。

戦いは、射撃戦で終始した。十九日から二十一日までのあいだ双方銃撃しあい、死傷はすくない。

二十二日に、西軍主力が来着した。総司令官は、宇喜多秀家である。この下に小早川秀秋が副将格でいる。以下、島津惟新入道、毛利秀元、吉川広家、鍋《なべ》島《しま》勝茂、長曾我部盛親、小西行長、毛利秀包《ひでかね》、毛利勝信・勝永、安国寺恵瓊などである。

この西軍の主力が来着した二十三日以後、射撃戦は昼夜となくおこなわれ、その大小砲の発射音は、遠く京まできこえた。

が、たかが射撃戦にすぎないために、守将の彦右衛門は落ちついている。ときに本丸で碁を打ち、ときに城内を巡視して士卒と談笑した。この状態が、二十九日までつづいた。

「あのような攻めぶりでは百日掛かろうとも、陥《お》ちる見込みはありませぬ」

と島左近がその主人三成にいったのは、二十八日の夜である。

このふたりは、伏見にはいない。

三成は、大坂での軍議がおわると、居城の近江佐和山にもどり、美濃進攻戦の準備をととのえていた。三成のうけもった部署は近畿の掃蕩戦《そうとうせん》ではなく、近江から伊吹山麓《さんろく》をこえて美濃平野に進出することであった。

が、伏見攻囲軍にもわずかながら家老の高野越中を指揮官とする人数は出している。この高野越中から日々の戦況はくわしく佐和山に報告されていた。

「この十日間、銃戦ばかりか」

三成はおどろかざるをえない。攻囲軍の諸将はもっとも安全な射撃のみに頼り、白兵を城壁にのぼらせようとはしない。城が射撃のみで陥ちた例はかつてなかった。

『関ヶ原』より

【伏見城データ】
①桃山城、指月城、木幡山城　②平山城　③豊臣秀吉　④文禄元年(1592)。現在の天守閣は昭和39年の復興　⑤堀、郭など　⑥京都府京都市伏見区　⑦京都市立歴史資料館　☎075-241-4312　⑧天守閣は二条城へ、石垣は大坂城の再建に使われた。江戸城、福山城の伏見櫓など、遺構は各地へと分散している。伏見桃山城運動公園に模擬天守閣がある。

●城へのアクセス
JR奈良線桃山駅より徒歩15分

太閤が晩年を暮らした隠居城

伏見城も重要な舞台となる小説『梟の城』で、昭和三十四年、司馬遼太郎は直木賞を受賞した。

天下人・豊臣秀吉が隠居城として築いた伏見城。贅を尽くした豪華絢爛な城だったという。また、城塞としての実力もかなりのもので、関ケ原の戦では小勢でこの城に籠《こも》る東軍に対して、西軍の大軍はかなり手を焼いている。

近鉄京都線の桃山御陵前駅を下りてしばらく歩くと、御香宮神社がある。古来、伏見の鎮守として信仰されてきた。伏見城築城の際に東北鬼門の守りとして城内に移されたが、徳川家康によって再びもと（現在地）に戻されたという歴史をもつ。壮麗な表門は、伏見城の大手門を移築したもの。華麗な彫刻がいかにも桃山風だ。

秀吉といえば大坂城のイメージが強いが、太閤となったその晩年は伏見城を愛し、ずっと、隠居城としてここで暮らしている。

伏見城跡は、御香宮神社などのある市街地から一キロほど離れた場所、東に向かって歩けば、やがて、緑豊かな小山が見えてくる。

秀吉が、宇治川沿いのこの指月山《しげつ》に伏見城を築いたのは文禄元年（一五九二）のこと。しかし、この城は大地震によって崩壊、わずか四年で廃城となる。いわばこれが初代。二代目にあたる伏見城は、それよりやや離れた桃山（現在は木幡《こはた》）の地に築城された。ちなみに安土桃山時代とは、信長が安土山に築いた安土城、秀吉が桃山に築いた伏見城と、二人の天下人がいた場所を指していう。

さて、現在の桃山は明治天皇の陵墓となっているため立ち入りが禁止され、本丸跡などの主郭を見ることはできない。少し離れた山中に、かつての伏見城天守閣を模した「伏見桃山城キャッスルランド」が建設されて、往時をしのばせていたが、平成十五年に閉園してしまった。しかし、市民の希望もあって、天守閣は伏見のシンボルとして残され、跡地は運動公園となっている。

しかし、この伏見城、ただ華麗さだけが売り物ではなかったようで、かつては桃山丘陵全域に七つの郭を配する、難攻不落の要塞でもあった。それが真価を発揮したのが関ケ原の戦。徳川家の武将・鳥居元忠はわずか二千名の手勢でこの城に立て籠り、数万の西軍を相手に奮戦した。元忠以下城兵の自刃で血に染まった廊下板を天井板にした、各所に残る「血天井」は有名。江戸幕府も当初は西国支配の拠点に利用したが、大坂城を手に入れてからはその利用価値もなくなり、元和九年（一六二三）に廃城となり、取り壊された。

京都入口の港町・酒造りの町

伏見桃山城　昭和三十九年、「お城のある遊園地」として「伏見桃山城キャッスルランド」が開園。そのシンボルとして、大天守、小天守二つの模擬天守閣を建設。大天守内部には歴史資料の展示や、復元された黄金の茶室などがあった。業績不振により平成十五年に閉園したが、平成十九年、伏見桃山城運動公園となって天守閣は保存された。残念ながら老朽化で内部には入れない。

寺田屋　京都の入口にあたり淀川水系の港町だった伏見は、幕末には倒幕派志士たちの潜伏場所として利用された。その当時から船宿として営業、坂本竜馬をはじめ多くの志士たちが常宿とした寺田屋の建物が今も残る。文久二年（一八六二）の寺田屋騒動事件の刀傷なども見ることができる。

月桂冠大倉記念館　伏見は灘と並ぶ日本随一の酒づくりの町。昔ながらの白壁土蔵の酒蔵も、まだ数多く残っている。柳並木の濠川沿いに建つ月桂冠大倉記念館もまた、「月桂冠」の酒蔵だった建物。現在は資料館として開放され、館内には昔の酒造りの道具など六千点以上を展示、また、銘酒の試飲や購入もできる。

大坂城と『新史　太閤記』『関ケ原』

『新史　太閤記』
新潮文庫

『関ケ原』
新潮社

人をひきつける不思議な魅力と斬新な発想力、卓抜した実行力を武器に、戦国の世を制した豊臣秀吉。司馬流の「新しい秀吉」像に迫った作品。

わずか一日で決した、天下分け目の決戦、関ケ原。戦に至るまでの知略、策謀、人間模様。そして運命の日——迫力の筆致でその流れを追う。

翌日、家康は礼装し、藤堂高虎に案内され、海内《かいだい》最大という大坂城に登った。

門をいくつかくぐり、石段をいくつかのぼり、やがて本丸の門に入ると、そこにかつての同盟者であった大納言織田信雄《おだのぶかつ》が礼装して家康を出迎えた。信雄は、あの矢田河原《やだのかわら》からほどなく上洛し、秀吉の幕下《ばっか》の大名になっている。家康にとって、戦陣以来の対面である。

——どうぞ。

と、信雄はみずから先導するように大玄関の方角にむかい、白砂を踏んだ。大玄関の前には、秀吉自身、天下最高の賓客《ひんきゃく》を迎えるがごとく白砂を踏んで出迎えていた。

さて家康は玄関へあがらねばならなかったが、当然な貴種の出であり大納言の身分にある信雄をさきに立てようとした。が、信雄はひどく遠慮をし、家康をさきに立てようとした。このあらそいをみていた秀吉がツト寄り、家康の手をとり、

「中納言どの、これへ」

と、さきに立ててしまった。この瞬間、豊臣家《とよとみけ》における家康の序列はきまった。さらに秀吉の配慮が細心であったのは、殿中に自分の家来を入れず、家康の家来のみを入れたことであった。

謁見は、ぶじおわった。

その後数日、大坂城はあげて家康主従を歓待し、連日、城中で能狂言や酒宴がつづいた。やがて九州征伐に関する評定がおこなわれた。当日、大書院の大広間がつかわれ、大名、小名は総登城し、座敷には序列の順に大名が居ならび、縁側には小名が膝をそろえ、白洲《しらす》には諸役の侍どもが膝を詰めてすわった。

この日、秀吉は小袖《こそで》の上に陣羽織を着け、いわば半軍装で上段二十畳の間にすわった。その陣羽織とは真赤な地の上に桐唐草《きりからくさ》を金糸で縫いとりしたもので、目の醒めるほどにあざやかなものであった。

家康は、筆頭の座にすわっている。この平素ならばうっそりと口をつぐんでいるだけの男が、なにを思ったか膝をすすめ、秀吉に笑いかけ、

「上様のそのお陣羽織のめざましさよ。ぜひとも拝領いたしとうござる」

と、評定がはじまった早々にいった。

『新史 太閤記』より

淀の河が、渺茫《びょうぼう》と水をたたえつつ西へながれてゆく。

北岸は北摂の平野がひろがり、南岸は巨城がそそり立っている。

大坂城である。

当時、この城内に女奉公人が五千人住んでいた、というだけでその巨大さがわかるであろう。城内は十万の人数を収容することができるといわれ、秀吉の在世時代、宣教師たちはこれをみてコンスタンチノープル以東における最大の要塞《ようさい》であると舌をふるった。

三成の屋敷は、その城の東北、備前島にある。

厳密には島ではない。淀川の中洲《なかす》であった。

屋敷のまわりを、水があらっている。水ぎわからいきなり石垣がそそり立ち、小城郭の外観をなしていた。屋敷の門を出ると、大きな橋がある。有名な京橋であった。京橋をわたると、そこが大坂城の京橋口の城門になっており、三成の屋敷は城の北東部をまもる出丸のような位置をしめていた。

「舅《しゅうと》の北庵《ほくあん》のはなしでは」

と、島左近が三成にいったのは、この主従が伏見からこの大坂屋敷にうつってきて三日目のことであった。

「家康は去年の十一月ごろから、家来を諸侯のあいだに駈けまわらせ、しきりと嫁とり婿《むこ》とりばなしをすすめておりますそうな」

「わしも聞いている」

と、三成はいった。殿中でのもっぱらのうわさなのである。しかし殿中でうわさをするたれもが、

「まさか」

と、半信半疑であった。家康がいかに大胆であってもそこまで無法なことはすまいと思った。

――私婚を禁ず。

というのは、豊臣政権におけるもっとも重要な法律であった。

『関ケ原』より

慶長四年十月一日、家康は予告どおり大坂城に乗りこんだ。

晴れている。

(いやさ、力じゃな。……)

本多正信老人は、行列のなかにまじり、ゆるゆると西ノ丸の濠《ほり》をわたりながら、しみじみとおもった。なぜこうもうまくゆくのか、とわれながら感嘆する思いである。

(策謀々々というが、それには資本《もとで》が要るわさ。それが力であるよ)

力なき者の策謀は小細工という。いかに智謀をめぐらせても所詮《しょせん》はうまくゆかない。それとは逆に大勢力をもつ側がその力を背景に策謀をほどこすばあい、むしろむこうからころりところんでくれる。

(ころり、とよ)

たとえば、西ノ丸に住まっていた北政所である。家康が入城するこの日から数日前に居所をひきはらって京都へ移ってしまった。

理由もあかさない。

城内の者も、なぜ北政所が突如西ノ丸を空《から》にして京へ去ったかについて、理解にくるしんだ。

そこへ今日、家康が入るのである。

（こんなとき、石田治部少輔が奉行の現職にあれば、うるさかったであろうな）

「治部少輔は聞かぬ者にて」

というのが天下にひびいた定評であった。かれは頑《がん》として家康をこばみ、太閤の遺命どおり伏見に居らしめ、ゆめゆめ大坂城などには入らさないであろう。

（その治部少も、いまは職におらぬ。草ぶかい佐和山で浮世の月をながめておる）

犬をもって犬を追わしめた。まったく、謀臣正信としてはうれし泣きに号泣したくなるほどに、諸事、うまく行っている。

（なあ。――）と、みずからに老人は言うのだ。

（おれがえらいんじゃない。背景に関東二百五十五万石の実力があるからだ。その実力があればこそ、豊臣家の諸将は求めずしても媚《こ》びてくる。媚びて来る者に対しては策謀はほどこしやすい。策謀をかけてくれ、といわんばかりの顔つきで来るのだからな）

両側に太閤自慢の石垣がならんでいる。
頭上には松。
松が、十月の風に鳴いている。

『関ケ原』より

【大坂城データ】
①錦城、金城、浪華城　②平城　③豊臣秀吉　④天正 11 年（1583）着工。天守は昭和 6 年の復興　⑤大手門、焰硝蔵、多聞櫓、千貫櫓、塀 3 棟、乾櫓、一番櫓、六番櫓、金蔵、金明水井戸屋形、桜門（以上国の重要文化財、特別史跡）など　⑥大阪府大阪市中央区　⑦大阪城天守閣　☎ 06-6941-3044　⑧金銀に輝きを放つ天守閣は「地の太陽が天の太陽に勝つ」と、当時来日していたフランス人クラセを感嘆させた。

●問い合わせ
大阪観光コンベンション協会　☎ 06-6282-5900
●城へのアクセス
JR大阪環状線大阪城公園駅より徒歩 15 分

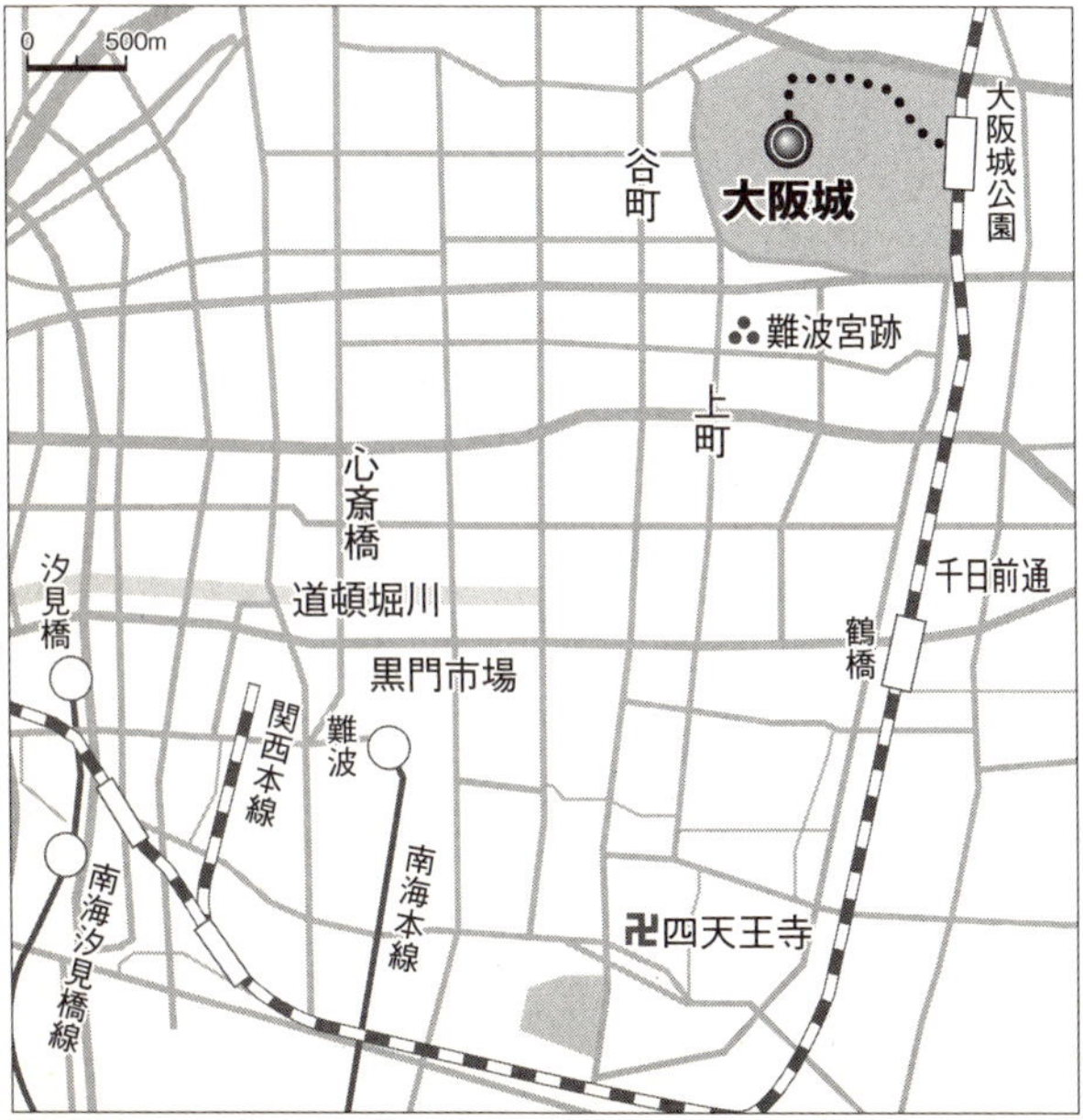

難攻不落たらしめた外堀の悲劇

「有名な城のなかでは、やはり大坂城がすきである」と、司馬遼太郎をしていわしめた城である。

淀川の流れに削られた上町台地は、そのものが天然の要害。また、淀川河口は交通の大動脈である瀬戸内海航路の起点となり、川をさかのぼれば京都も近い。天下を意識するなら、この地を本拠にと考えるのは当然である。

織田信長がここにあった石山本願寺を力尽くで移転させようと、五年間におよぶ血みどろの抗争を行ったのも、この地に価値を見出したゆえのこと。城を築くことなく信長は逝ったが、その遺志は天下人となった豊臣秀吉に受け継がれる。天正十一年（一五八三）、石山本願寺跡で豊臣政権の本拠となる大坂城の築城工事が始まった。

本丸の縄張りには、かつての石山本願寺の境内がすっぽりと入る。築城から一年半後の本丸完成後、秀吉はこの城に移ったが、築城工事はまだ終わらない。本丸を囲むように二の丸、三の丸、総構えがつくられ、これを三重の堀が囲んだ。前代未聞の壮大なスケール。完成は秀吉の死後、慶長四年（一五九九）のことである。

ＪＲ環状線の大阪城公園駅で下りると、司馬遼太郎が大阪の歴史を簡潔に表現した陶板が掲げられている。そして天守閣も見える。ただし、この城は秀吉の時代のものではない。大坂城を難攻不落たらしめた外堀は、家康の計略により埋められた。さらに、大坂夏の陣で豊臣氏の滅亡とともに城は焼け落ちた。

徳川幕府は、元和六年（一六二〇）より大規模な改修工事を行ってこれを再建し、九年後の寛永六年（一六二九）には、秀吉時代の大坂城とはまったく様相の違った城が誕生している。

大手門までゆくと、石垣の巨石に圧倒される。

最大級の巨石は高さ五・五メートル、幅十一・七メートルにもなる。畳三十六畳分というから途方もない。巨石を供出したのは、岡山の池田忠雄、熊本の加藤清正、福岡の黒田長政らである。

大坂夏の陣後の大改修は、関ケ原の戦の「負け組」である西国大名の多くが工事を担当した。豊臣恩顧の大名も多い。彼らがどんな思いで秀吉の城跡を埋めて、その上に新しい石を積んだのか。心情はさぞや複雑だったろう。

この大改修は、人々の「豊臣」の記憶を消し去るために徳川政権が画策したといわれる。そのため石垣は豊臣時代よりもさらに高く積み上げられ、かつての面影は徹底的に埋め隠された。
本丸へ入る。高さ五十五メートルの天守閣の眺めは圧巻。この天守閣は再建で、モデルは徳川時代のもの。昭和六年（一九三一）、大阪市民の熱烈な要望により大阪のシンボルとして再建された。再建天守閣は徳川時代のやや質素な容貌だが、平成九年に行われた大改修で金箔が押し直され、豊臣時代の絢爛な風情も垣間見ることができる。

司馬遼太郎が愛し、暮らした城下町

黒門市場　ここで「ほんまもん」を求め、食い道楽の胃袋を満たしてから旅を続けたい。

豊國神社　京都・東山の阿弥陀ヶ峰に葬られた豊臣秀吉、秀頼、秀長を祀るもの。徳川の治世に取り壊されたが、明治十二年（一八七九）、大阪城内に再建されている。神社の再建は、明治天皇が直々に命じたとも伝えられる。

四天王寺　五九三年に聖徳太子が創建したと伝えられる。五重塔、金堂、講堂が一直線にならぶ四天王寺式伽藍《がらん》配置は、日本で最も古い寺院建築様式といわれている。

大村益次郎受難碑　国立大阪病院付近。益次郎は維新後に京都で暗殺者に襲われ、大阪の浪華仮病院で死去。碑は病院の跡地に立っている。

ゆかりの地で司馬遼太郎をしのぶ

ＪＲ環状線の鶴橋から近鉄奈良線で四つ目が河内小阪、五つ目が八戸《やえ》ノ里《さと》。この両駅からいずれも十分前後の徒歩圏内に、かつて司馬遼太郎が暮らした家がある（今は記念館。三五〇ページにガイド）。住宅地である。が、駅前を歩いてみれば、商店街や行き交う人はいかにも「河内」といった感じの人情味あふれる雰囲気。司馬は執筆の息抜きに、この界隈《かいわい》を好んで散歩したという。

作家が住む町といえば東京、あるいは鎌倉や軽井沢、京阪神でいえば京都か神戸あたり……おしゃれで上品そうな町をイメージするものだが。小阪や八戸ノ里は、そういった気どった町とはちがって、いたって庶民的。町を歩けば、おばちゃんたちの大阪弁のおしゃべりがにぎやかだ。飾らない、しっかりと人が生きていて、人のにおいがする。そんな町を司馬遼太郎は愛した。

高取城と『街道をゆく』

甲賀と伊賀のみち、砂鉄のみち ほか

『街道をゆく』
朝日文庫

紀行・第7巻「甲賀と伊賀のみち、砂鉄のみち ほか」は、表題のほか、奈良の大和・壺坂みち、明石から海峡を渡って淡路島へ、の四つの旅を収める。

「城普請にあかるい者はいないか」

と、八方、手をつくしてさがしたらしい。その結果、本多外記《げき》、諸木大膳《もろきだいぜん》、清水勘太郎の三人がみつかり、それぞれ高禄でめしかかえた。

この三人が、石組みの補修や、新規の普請などを担当した。かれらはそれぞれ堅牢に石垣を組みあげたが、できあがってからも、それが崩れはしまいかとたえず心配していた。

「自分たちは、死後も御城を守りたい」

とそれぞれ遺言し、諸木大膳は岡口門《おかぐち》のそとに墓所をきめた。清水勘太郎は壺坂口門外に、本多外記は吉野口門外にというぐあいに、城の三方にそれぞれ葬られたというのだが、城普請というのはそれほど大変なものだったらしい。

高取城は、石垣しか残っていないのが、かえって蒼古《そうこ》としていていい。

その石垣も、数が多く、種類も多いのである。登るに従って、横あいから石塁があらわれ、さらに登れば正面に大石塁があらわれるといったぐあいで、まことに重畳《ちょうじょう》としている。それが、自然林と化した森の中に苔むしつつ遺っているさまは、最初にここにきたとき、大げさにいえば最初にアンコール・ワットに入った人の気持がすこしわかるような一種のそらおそろしさを感じた。

須田さんの姿も、どこか蒼古としている。

精神にも肉体にも、絵を描くという以外に余分のものが削《そ》げ落ちてしまっているという意味でこの苔むした石塁のあいだを歩く人としては、風景によく適《かな》っている。

私は城が好きである。

あまり好きなせいか、どの城趾に行ってもむしろ自分はこんなものはきらいだといったような顔を心の中でしてしまうほどに好きである。だからできるだけ自分の中の感動を外《そ》らし自分自身にそっけなくしつつ歩いてゆくのだが、須田さんはあちこちの石垣を見あげつつも、心の中では興味が薄いらしい。

「石垣の普請をしたときに、飛鳥の礎石や石仏などを、掻きあつめて組みあげたといいますね」

と、記憶のいい須田さんが、二十年ほど前に、たしかな人からきいた話を、林のなかで思いだしつつそう言った。『街道をゆく』甲賀と伊賀のみち、砂鉄のみち ほかより

【高取城データ】
①大和高取城、芙蓉城　②山城　③越智邦登　④南北朝時代　⑤石垣、堀、郭(国史跡)。なお、麓の子嶋寺に二の門が移築されている　⑥奈良県高市郡高取町上子嶋　⑦高取町役場　☎0744-52-3334　⑧かつての二の門近くには「猿石」と呼ばれる奇石がたたずむ。飛鳥時代につくられ、石垣に転用される目的で運ばれてきたのでは、といわれる。

●問い合わせ
高取町役場事業課農工商工グループ　☎0744-52-3334
●城へのアクセス
近鉄吉野線壺阪山駅より徒歩60分

アンコール・ワットにも似た石塁

「高取城は、石垣しか残っていないのが、かえって蒼古《そうこ》としていていい」と、司馬遼太郎はいう。

標高五百八十四メートルの山頂にそびえる難攻不落の高取城。美濃岩村城や備中松山城とともに「日本三大山城」と呼ばれる。

高取の町は奈良盆地の南東端、古代史の舞台として知られる明日香村に接してある。江戸時代は、植村家を藩主とする高取藩二万五千石の城下町だった。

しかし、町を歩いても城はどこにもない。それもそのはず高取城跡があるのは、町中からかなり離れた山の上、高取山山頂である。

南北朝時代ならいざ知らず、近世・江戸時代を通じて幕末まで、このような山城が廃されず残った例は珍しい。

「巽高取雪かと見れば、雪でござらぬ土佐の城」

と、かつてはその景観が謳われた。町や里から城のある山を望めば、山上一帯に、大天守をはじめとして三十近い櫓が、美しい白壁を見せて複雑に連なる様。確かに山に雪が積もったように見えたであろう。その姿は花にもたとえられ、「芙蓉城」とも呼ばれた。

今は石垣だけを残す荒城となっているが、城跡からの眺望も素晴らしかった。石垣の上に立ってみれば、爽快な眺めだけは当時とまったく変わりがない。

はじめてこの険しい山中に城が築かれたのは、南北朝時代のこと。天正八年（一五八〇）には織田信長によって廃城とされたが、その五年後に復興。豊臣秀吉の弟・秀長がこの地を所領とするようになってからは、大和盆地の押さえの城として、本多氏が入って大改修を行う。その後、植村家が城主となって、さらに改修。先の歌のような姿となった。険しい山地であるうえに、三つの尾根筋と大手道沿いには外郭が置かれ、その守りは万全といえよう。

戦国時代ならそれもいいが、平和な江戸時代にはこれも無用の長物と思いきや、幕末に、この堅城が役立つときがやってくる。文久三年（一八六三）、十津川郷士千名と合流した尊王派の天誅組が、突然、高取城に攻め込んできた。しかし、この山城は簡単には落ちない。逆に植村藩の砲撃により天誅組は撃退されてしまった。

「壺坂霊験記」の舞台にもなった町

夢創舘　城下町の一角、もともとは呉服屋を営んでいたという古い町家の建物を利用した観光案内所。竹炭や木工製品などの地場産品を販売するショップや、ゆかりの品々を展示する「城下町ギャラリー」、休憩所などもある。

子嶋寺　天平宝字四年（七六〇）、報恩法師が建立したと伝えられる古刹。かつては二十一坊の伽藍が並ぶ、壮大な規模を誇ったという。平安時代の作で、「子嶋曼荼羅《まんだら》」の別名で知られる国宝の「紺綾地金銀泥絵両界曼荼羅図」で有名。また、山門は高取城の城門を移築したもので、現存する唯一の城の遺構である。

壺阪寺　大宝三年（七〇三）に弁基上人が結んだ庵が発祥。その後、西国三十三所観音霊場第六番札所として、大寺院に発展する。本堂、三重塔は国の重要文化財。本尊の十一面観音は、昔から眼病に霊験あらたかなことで知られ、当寺を舞台に、盲目の沢市とその妻・お里の愛を描いた浄瑠璃「壺坂霊験記」がつくられた。

城下町風情　高取には今も城下町情緒が漂う。町を歩けば、県重要文化財の長屋門のある家老屋敷など当時の建造物に出合える。また、土佐街道の宿場町でもあり、札之辻跡や、街道筋の昔ながらの家並みも残っている。

三木城と「雑賀の舟鉄砲」

『軍師二人』所収

『軍師二人』
講談社

戦国の世を生きる「人間」の姿を浮き彫りにした全八編。秀吉の三木城攻めの陰に隠れたドラマが浮かび上がる「雑賀の舟鉄砲」などを収録。

城は釜山城《ふざんじょう》ともいう。

名のとおり釜を伏せたような丘陵のうえにある。城は本丸、二ノ丸、新城の三城郭よりなり、西北方は断崖としてきり立ち、そのむこうを美囊川《みの》がながれ、塁高く堀は深い。築城五十年このかた、よく世の乱れに耐えて、いちども敵に堀を越されたことのない堅城とされていたが、いまは城をかこんで数万の織田方が野に満ちている。

〈中略〉

この敗北は、三木城を地獄におとし入れた。兵糧輸送ののぞみが、まったく絶たれたのである。城中で、ねずみを食い、乗馬を食い、草木を食いはじめたのは、この日からだった。

その後一月のあいだ、市兵衛の舟鉄砲の訓練は中止された。兵の体力が訓練に堪えられなかったのだ。毎日戦闘もなく、市兵衛は平蔵と一緒に鉄砲狭間のそばで、うつうつと居眠る日が多かった。

〈中略〉

天正八年正月十五日、別所長治は、城内の飢餓の惨状を思い、これ以上家臣、庶人に苦悩を与えるのは罪であるとして、近侍宇野右衛門佐に書状をもたせ、秀吉の部将浅野弥兵衛長政の陣に降伏を申し入れた。その条件は類がすくなかった。

「来る十七日申《さる》の刻、長治、吉親、友之ら一門ことごとく切腹仕るべく候。然れども、城内の士卒雑人は不愍《ふびん》につき、一命を助けくだされば、長治今生の悦びと存じ候」

秀吉は、「別所侍従こそ武士の鑑である」としてその申し出をゆるし、長政に命じて酒肴を送った。十六日、長治は城内の士卒のすべてを本丸大広間にあつめて袂別し、十七日、郭内三十畳の客殿に座を設け、白綾の敷物を血に染めて自害した。

山城守吉親、彦之進友之これにつづき、さらに、長治の夫人は男児二人女児二人をつぎつぎに引きよせて刺し、最後にみずからのどを貫いて死んだ。吉親の夫人とその子はもとより、長治の舎弟彦之進友之の新妻も十五歳の若さでその夫に殉じている。

「いまはただ　うらみはあらじ　諸《もろ》人の命にかはる　わが身と思へば」

というのが、長治の辞世であった。夫人のそれは、

「もろともに　消えはつるこそ　嬉しけれ　後れ先立つ　習ひなる世に」

雑賀市兵衛の心をくがれさせたこの城主夫妻の美しさは、ふたつの辞世のなかに凝結していた。東播の名族として、歴世十四代の家門をほこった別所家は、ここにほろんだ。

「雑賀の舟鉄砲」より

【三木城データ】
①釜山城、別所城　②丘城　③別所則治　④明応元年（1492）　⑤天守台、土塁、堀など　⑥兵庫県三木市上の丸町　⑦兵庫県三木市教育委員会　☎0794-82-2000　⑧秀吉の三木城攻略の際、秀吉軍の厳重な包囲網のなか、三木陣営側についた毛利軍の卜部安知が抜け穴を通って密かに城内に明石の鯛を運び入れるのに成功、城壁の上から高々と掲げてみせた。秀吉軍は大いに驚いたという。

●問い合わせ
三木市観光協会　☎0794-83-8400
●城へのアクセス
神戸電鉄粟生線三木上の丸駅より徒歩３分

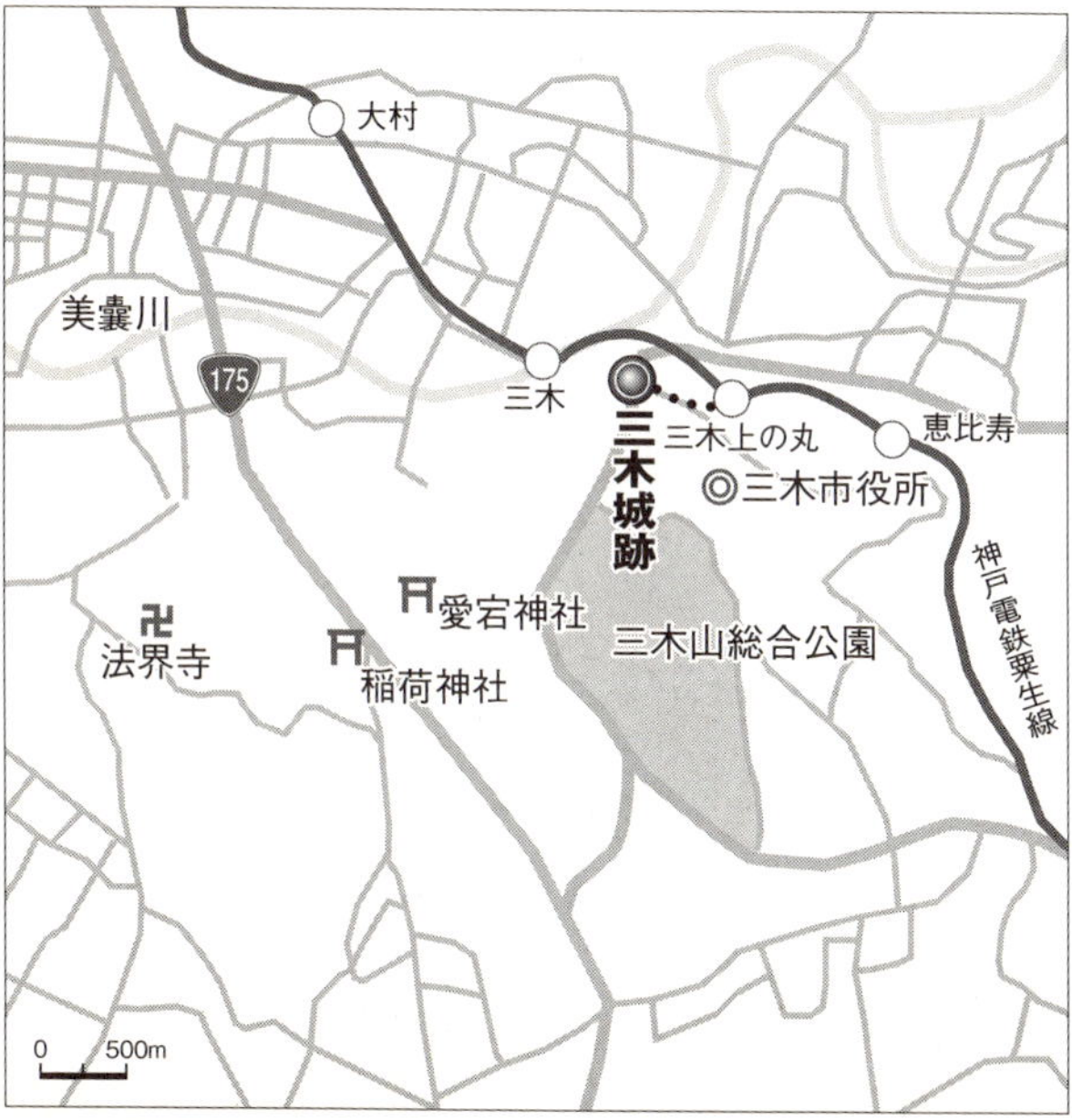

長期包囲戦が生んだ悲劇の堅城

「城は釜山城《ふざんじょう》ともいう。名のとおり釜を伏せたような丘陵のうえにある」と、「雑賀の舟鉄砲」で城の立地をいう。

三木城は播磨の名族・別所氏の居城である。難攻不落で知られた名城だが、織田軍団の長期包囲戦により落城。後に「三木の干し殺し」と呼ばれる凄惨な戦いであった。

ローカル線の風情が味わえる神戸電鉄粟生《あお》線。三木上の丸駅に下りると三木城跡は目と鼻の先。駅前に広がる小高い丘は三木城址公園、このあたりにかつての本丸があったという。塁高く堀は深く、築城以来五十年、一度も敵の侵入を許したことのない堅城だった。

城の西側を流れる美嚢川も、堀として機能していた。その美嚢川の対岸に立って城跡の丘を見れば、悠然とそびえる釜山の景観には、確かに難攻不落といった雰囲気も漂う。公園内に城の復元図を描いた看板がある。それには三層の天守閣があり、現在は神社となっているあたりが天守台だったという。難攻不落の要害、その山上に秀麗な天守閣が鎮座する眺めは、かつて播磨国の大半を支配した名族・別所氏の居城にふさわしい。

三木城は明応元年（一四九二）、別所則治《のりはる》により築城された。京都と西国を結ぶ重要な街道筋にあって、播磨の大平野を支配するにも最適の地だった。周囲三里にもなる大規模な城郭は、御着《ごちやく》城や英賀《あが》城とともに播磨三大城のひとつに数えられている。別所氏の勢力を考えれば、これを攻めようという大名はいないはずだったが、戦国という時代のエネルギーは、それまでの日本の常識では想像もつかない超巨大勢力を生みだした。天下統一を狙う織田信長である。信長と対立する本願寺・毛利氏の連合軍に加担したため、三木城はその両勢力の最前線となる。

天正六年（一五七八）、羽柴秀吉の大軍勢が三木城を囲んだ。しかし、大兵力が力押しに攻めても、そう簡単に攻略できる城ではない。ここで織田軍団きってのアイデアマンである秀吉は、奇想天外にして最も残酷な攻城作戦を実行する。二年にもおよぶ兵糧攻めである。食糧の尽きた城内では、次々に城兵や領民たちが餓死してゆく。ついに、城主・別所長治《ながはる》は、部下や領民の助命を条件に開城、自らは切腹して果てた。

名君・別所長治を慕い続ける地元

雲竜寺・長治公首塚　三木城跡からほど近い雲竜寺の境内にある。自刃して果てた三木城主・別所長治夫妻の首は、首実検の後でここの住職がもらいうけて供養したという。毎年一月十七日には別所公祥月命日法要も行われる。

法界寺・三木合戦絵解き　天正八年（一五八〇）に創建された別所氏の菩提寺。別所長治の遺体が葬られたとも伝えられる。境内に長治夫妻の霊牌と肖像画、木像などが安置されている。また、毎年、長治の月命日にあたる四月十七日には三木合戦記を絵巻にした大幅掛軸を公開。掛軸の前で、あの凄惨な長治と秀吉の戦いの模様を再現・解説する「絵解き」が行われる。

別所公春まつり　毎年五月五日に、地元では名君として慕われる別所長治をしのんで催される。辞世の歌碑前での「歌碑祭」、そのほか、奉納武道や俳句展、書道展、茶会などさまざまなイベントが行われる。地元の人の長治への敬慕の念の根強さを物語る。

竹中半兵衛墓　秀吉の参謀としてさまざまな作戦を指揮した名軍師・竹中半兵衛は、三木城攻めの陣中で病死している。「陣中で死にたかった」と望んだ彼の遺骸は、当時の本営近くの山中に葬られ、現在もその墓石が残っている。

姫路城と『播磨灘物語』

『**播磨灘物語**』
講談社

播州・姫路に生まれた黒田官兵衛。有岡城への幽閉、中国大返し、関ケ原の裏の九州攻め——冷静な判断力で秀吉をも恐れさせた武将の生涯。

「よいのか」

「汚うござるが。ただいま本丸の掃除をさせております。しばらく二ノ丸で御休息あれ」

官兵衛はすでに織田家に賭けてしまっている。賭けてしまった以上は城も提供し、それによって秀吉の働きを十分にさせたいし、それに、秀吉の信頼を十が十、かちとっておかねば今後仕事がしにくい、と考えている。城を呉れてやる効用は、官兵衛の数学では城持ちでいるよりもはるかに答えが大きいのである。

官兵衛がやったことは、正気の沙汰とは思えない。秀吉もまさか官兵衛があは言ったものの、この城のすべてを呉れるとは、どうにも思えない。

翌日、本丸の掃除ができたというので、秀吉は本丸へ移った。

(本丸だけでもいいのだ)

と、秀吉はおもっていた。かれはむしろこの姫山にあらたに一城を興そうと考えていた。むろんそのことは城主である官兵衛の許しを得ねばならないが、現在この城廓のある峰の東に、秀吉が望んでほれぼれするような一峰がある。

「あの峰の名は何という」

と、官兵衛の家来にきくと、

「東の峰に候」

単に方面を示す名をいうにすぎない。あの峰こそ巨城を興すべき峰ではないか、と秀吉は思った。秀吉は安土城ほどにはゆかなくとも天守閣のある城をつくり、播州の田舎豪族の目をおどろかしてやることが必要だと思っていた。

織田家には土木建築を盛大にやるという特色がある。信長は尾張清洲城から興った。範囲をひろげるにつれて美濃岐阜城を拡大し、山麓に南蛮人でさえ感心するような殿舎をたて、また足利義昭を頂いていたころは京都に壮麗な将軍の第館《だいかん》をたて、次いで南蛮様式といわれる城をおこして天守閣とよばれる一大城楼を建て、近江路の天にそびえさせた。土木建築を通じて世間の耳目をひきつけるようなやりかたは越後の上杉謙信も甲斐の武田信玄もやらなかったところであり、世間からみれば、地に満ち満ちた何万頭というような飾り馬が、錦をきらめかし、鈴を鳴らし、駸々《しんしん》として押しすすんでくるように華麗で、その華麗さに気をうばわれているうちに、いつのまにか諸豪族が織田氏に屈従してゆくという印象をうける。

秀吉は、そういう織田式のやりかたをもっともよく心得た男だっただけに、

（ともかくも、播州者の肝をうばうような城を築くことだ）

と、思った。

『播磨灘物語』より

【姫路城データ】
①白鷺城　②平山城　③池田輝政　④慶長14年（1609）　⑤天守閣（国宝）、化粧櫓、二の櫓、折廻り櫓、備前門、水の一門、水の二門、菱の門（以上国の重要文化財）など　⑥兵庫県姫路市本町　⑦姫路城管理事務所　☎079-285-1146　⑧家康の孫娘・千姫の物語、宮本武蔵の妖怪退治、播州皿屋敷のお菊井戸など、多くの伝説をもつ「世界遺産」の名城。

●問い合わせ
姫路観光コンベンションビューロー　☎079-287-3655
●城へのアクセス
JR山陽新幹線・山陽本線姫路駅より徒歩15分

「世界遺産」に登録された白鷺城

黒田官兵衛の生まれ育った姫路城が『播磨灘物語』でていねいに描かれている。

白鷺が翼を広げた美しい姿を思わせることから、白鷺城の別名でも親しまれる姫路城。「世界遺産」にも登録された日本を代表する名城、また、一度も戦火や災害にみまわれたことのない「幸運の城」でもある。五層六階の大天守と三つの小天守が渡櫓《わたりやぐら》でつながっている。と……言葉で説明するまでもないだろう。日本人が城に対して抱くイメージは、この姫路城と重なってくる。

しかし、姫路城は最初からこのように壮麗な城だったわけではない。播磨国の農村地帯、姫山なる小高い丘に赤松則村が砦を築いたのは元弘三年（一三三三）のこと。そして戦国時代になると、黒田氏がここを本拠とした。豊臣秀吉の名参謀となった黒田官兵衛（如水）の一族である。官兵衛が暮らした当時の姫路城のようすは、『播磨灘物語』で垣間見ることができる。

現在、標高約四十六メートルの姫山が、そのままそっくり石垣で囲われたなかに本丸があり、天守閣がそびえる。さらに周囲は外郭に囲まれ、総面積は東京ドームの五十倍

姫路城縄張り図

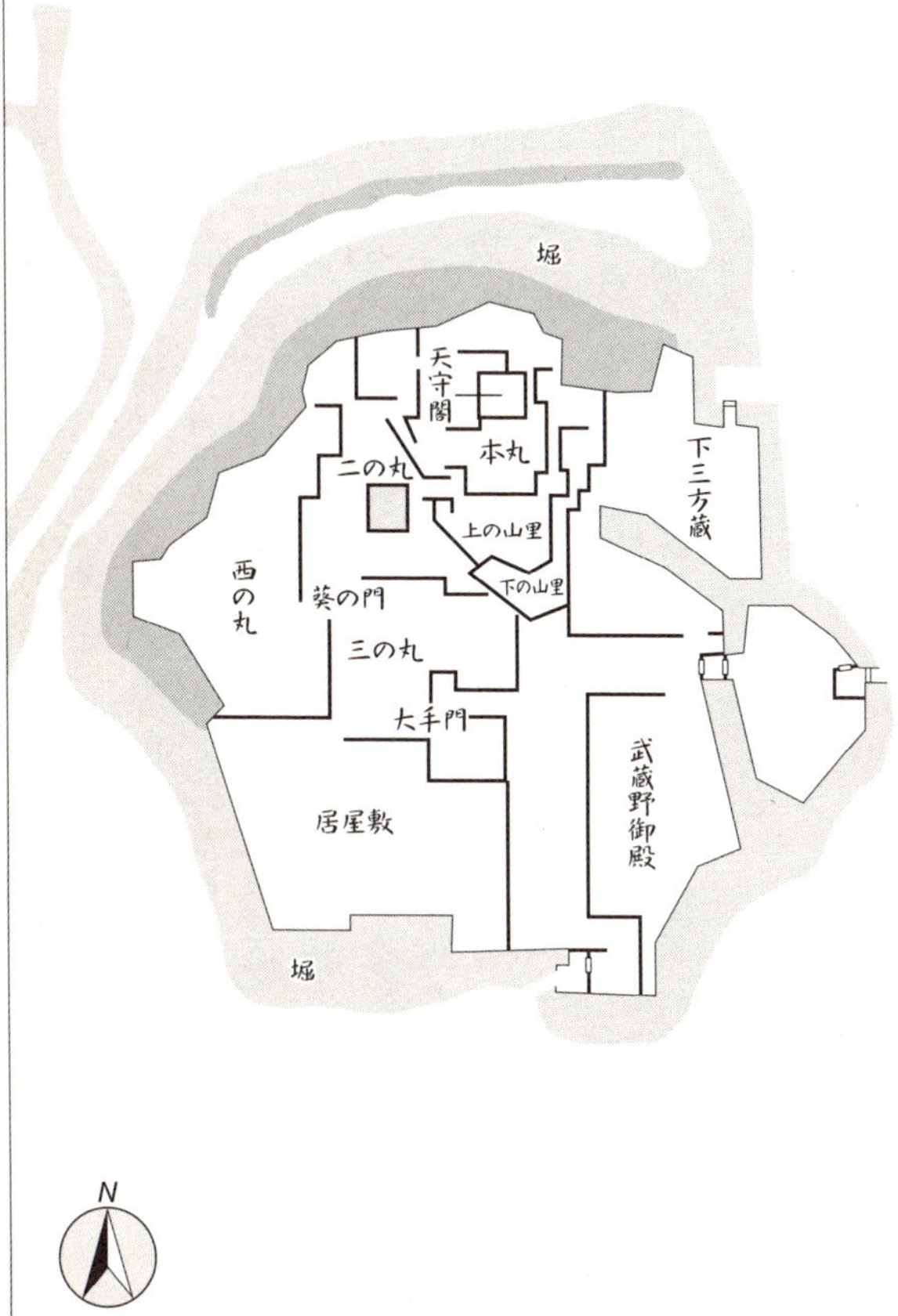
堀
天守閣
本丸
二の丸
下三方蔵
上の山里
下の山里
西の丸
葵の門
三の丸
大手門
武蔵野御殿
居屋敷
堀
N

にもなる。小豪族の田舎城から、江戸時代には日本を代表する巨大城郭に成長した。姫路城がここまで発展したのは、やはり、豊臣秀吉の出世城となったことが大きい。

天正八年(一五八〇)、秀吉は中国攻略のため、居城を姫路に移す。その状況下で本能寺の変が起こり、姫路城は秀吉天下取りの拠点となったのだ。ふくれあがる秀吉軍団の規模に相応して、城も改修を重ねて大きくなる。関ケ原の戦後、ここの城主となった池田輝政は、慶長六年(一六〇一)より九年の歳月をかけて、城の大改築を行っている(現在これを築城とする)。輝政に代わって姫路に移封された本多忠政は、さらに三の丸や西の丸を増築し、現在の巨大城郭ができあがる。完成時の姫路城は、外郭まで含めると八十四もの城門があった。江戸城や大坂城と比べても遜色ないほどに城は大きくなっていた。

秀吉天下取りの足場となったことから、この城を「出世城」と呼ぶ。だが、人を出世させるだけではない。城主が代わるたびに、大改築により巨大化、時代を超えて「世界遺産」となった城そのものが「出世城」といえる。

祭り、史跡・寺社、伝説も豊か

書写山円教寺　姫路市郊外にある標高三百七十メートルの書写山は市内で随一の景勝地。山上には千年の歴史を誇る西国三十三所観音霊場第二十七番札所・円教寺がある。性空上人によって開かれた天台宗寺院で「西の比叡山」の別名もある。大講堂、食堂、常行堂など、重要文化財の伽藍が原生林のなかにたたずむ様は一見の価値あり。

兵庫県立歴史博物館　丹下健三の基本設計による博物館の建物は、姫路城の華麗な構成美を生かした現代建築なのだとか。館内には県内各地から集めた文化財が数多く展示されている。また、日本の城郭に関する資料も数多く展示。

十二所神社（お菊神社）　戦国時代、播磨西部を支配していた大名・小寺則職《のりもと》が病にかかり、彼に仕えていたお菊なる女性がその平癒《へいゆ》を祈願して籠ったのがこの神社。お菊は主君の暗殺を企てる家臣の謀略によって、家宝の「赤絵の皿」を盗んだ嫌疑をかけられ責め殺される。後に真実を知った則職は、お菊の霊を弔うために境内に祠《ほこら》を建ててこれをお菊神社と呼んだ。ちなみに、お菊の死骸が投げ込まれたというのが姫路城内の「お菊井戸」。毎夜、彼女の霊が現れ、皿を数える声が聞こえてくる……という伝説は、「播州皿屋敷」として広く知られる。

洲本城と『街道をゆく』

甲賀と伊賀のみち、砂鉄のみち ほか

『街道をゆく』
朝日文庫

紀行・第7巻「甲賀と伊賀のみち、砂鉄のみち ほか」は、表題のほか、奈良の大和・壺坂みち、明石から海峡を渡って淡路島へ、の四つの旅を収める。

洲本城は、二つある。

豊臣期に築かれた旧城が山にあり、これに対し江戸期の新城は旧城の山のふもとに築かれた。新旧二城が暗《あん》に防御用として連繋していたと思われるが、こういう構造はめずらしいといっていい。

淡路の国主はつねに島外の大勢力から送りこまれてきて、この島の中から大名が成立したという例はない。この島だけで独立の勢力をつくりあげるには、すこし面積が小さすぎるし、それに覇者のいる畿内《きない》から近すぎるということもあるのであろう。

豊臣政権が成立したとき、淡路は最初仙石権兵衛秀久がこの封《ほう》をもらい、ついで脇坂甚内安治《やすはる》がこれにかわった。このときの脇坂安治の封は、三万石である。脇坂の時代が長くつづいた。このときに「山の洲本城」の体裁がととのったから、この山城はほぼ脇坂安治の作品といっていい。

豊臣期に、阿波一国が蜂須賀氏にあたえられた。のち徳川の世になり、家康は大坂ノ陣によって豊臣氏をほろぼし、戦功のあった蜂須賀氏に淡路一国を加封した。

蜂須賀氏は当初、島内の由良の海岸にある古い城を修理してここを治所としていたが、やがて洲本に治所を移し、移すにあたってここに新城を築くことにした。

徳川幕府は外様《とざま》大名が城を築いたり増築したりすることがうるさかったから、普請の許可を得るのに、

「番所」

という名目にした。実際、新城は番所というよびかたがふさわしく、軍事的威力のない程度の規模のもので、いかにそれが無害な規模であるかという旨を強調しつつ蜂須賀氏は幕府にとどけ出たはずである。その運動は入念だった。現将軍家光のもとにも願書を出し、同時に隠居した前将軍秀忠のもとにも同趣旨のことを言上した。その許可が降りたのは、寛永七（一六三〇）年である。

ところがその四年後の寛永十一年、幕府は諸藩に令し、

――新規の城郭構営、堅くこれを禁止す。

という旨の禁令が出た。蜂須賀氏はうまくやったというべきであろう。

もっともこれより前の元和元（一六一五）年に幕府は一藩について一城以外は認めず、領内に古い城があれば城割りせよ、と命じているのだが、蜂須賀氏は脇坂安治が山の上に築いた旧洲本城の石塁を、樹林に埋もれさせたままこっそり割らずに残しておいた。いざという場合にこの山城に籠るつもりだったのか、いずれにしても累代の蜂須賀氏にとって秘密の一つだったにちがいない。

『街道をゆく』甲賀と伊賀のみち、砂鉄のみち ほか より

【洲本城データ】
①三熊城　②平山城　③安宅治興　④大永6年(1526)。現在の天守は昭和3年の再建　⑤天守台・郭・石垣・塀など　⑥兵庫県洲本市　⑦洲本市観光協会　☎0799-22-0742　⑧熊野灘を本拠地とする海賊であった安宅氏が、三好氏に瀬戸内海の海賊退治を要請された際、淡路島内に築いた8つの城のうちのひとつ。

●問い合わせ
洲本市役所商工観光課　☎0799-22-3321
●城へのアクセス
大阪駅、三ノ宮駅より淡路交通高速バス「洲本高速バスセンター」下車、徒歩30分

旧城は山に新城は山麓に

大名たちのもつ城に対して神経質だった徳川政権下で、二つの城をもった蜂須賀氏に、司馬遼太郎は興味を抱いた。

山上にそびえる天守閣は、かつて海を行き交う船からもよく見えた、瀬戸内海の名物のひとつ。もともとは海賊退治のために築かれた城郭なだけに、船乗りたちにとっては、航海安全の守護神ともいえた。

洲本《すもと》の市街地、今も堀と石塁に囲まれた城跡がある。この郭は大坂夏の陣の後、淡路島を所領に加えた蜂須賀・徳島藩が寛永十九年（一六四二）に築いたもの。それ以前の洲本城は、その背後にそびえる標高百三十三メートルの三熊山山頂付近にある山城だった。

戦いには有利な山城も、江戸時代になって政務が中心となってくると、いろいろと不便が生じる。そのため藩の政庁として新たに、麓に城が造られたというわけだ。現在も、かつての郭のなかに、裁判所や税務署などの役所や公共機関が集中しており、淡路島の中枢として機能している。

さて、山城のほうにも行ってみる。山頂までは徒歩約二十分、急勾配である。この城を攻め落とすのはたいへんなことだと、登山道を歩いてみれば実感できる。道沿いには幾重にも築かれた石垣、さらに山頂に到達すると総石垣造りの本丸をはじめ、東の丸、南の丸などの郭が残っている。石垣は高く堅固に積まれ、本丸跡には昭和三年に建てられた模擬天守もある。

この城は、かつては天守閣がそびえる大規模な城郭だった。大永六年（一五二六）、三好《みよし》氏の重臣・安宅《あたぎ》治興によって、この山に城が築かれる。水軍の大将でもあった安宅氏が、瀬戸内海の海賊を討伐するための、支城のひとつだったという。その後、天正九年（一五八一）に淡路島は織田信長の支配するところとなり、城将は仙石秀久、脇坂安治、藤堂高虎と変遷する。この頃、洲本城は四国攻略の足場として強化拡張され、天守閣も建造されている。

模擬天守のある本丸跡からは、紀淡海峡が一望でき、大阪湾のようすもうかがえる。まさしく水軍の城。海賊の動きを見張るには、これ以上の好立地はない。瀬戸内海を荒らした海賊にとって、この城はまさに目の上のこぶだったろう。

文楽のルーツ・淡路人形浄瑠璃

淡路文化史料館　神話の故郷でもある淡路島の古い歴史・文化を紹介する施設。考古学や歴史資料、国指定の重要文化財である淡路人形浄瑠璃など、展示物は多彩。また、淡路島出身の直原玉青《じきはらぎょくせい》画伯の作品を展示する美術館も併設されている。

洲本八幡神社・金天閣　金天閣は、寛永十八年（一六四一）、徳島藩主・蜂須賀至鎮《よししげ》が、迎賓館として洲本城内に建てた御殿の一部。建物の大部分は明治維新後に取り壊されたが、玄関と書院だけが残っており、現在は洲本八幡神社の境内に移築されている。唐破風造りの玄関の屋根、欄間の凝った彫刻など、江戸時代初期の代表的な大名建築で、県指定の重要文化財である。ちなみに、「金天閣」の名は、天井が金張りだったことからつけられた。

淡路人形浄瑠璃　淡路島に残る伝統芸能で、国の重要無形民俗文化財。室町時代の末頃、淡路島に渡ってきた西宮戎《えびす》神社の傀儡師《くぐつし》（人形遣い）・百太夫《ももだゆう》が、三味線の浄瑠璃語りに合わせて人形を操ったことから始まったとされ、文楽のルーツとなっている。江戸時代には藩主・蜂須賀氏の保護を受けて発展、最盛期の十八世紀中期には人形座の数は四十を数え、人形遣いは千人近くもいて、全国を巡業したという。

中国・四国篇

備中高松城と『播磨灘物語』

『播磨灘物語』
講談社

播州・姫路に生まれた黒田官兵衛。有岡城への幽閉、中国大返し、関ケ原の裏の九州攻め――冷静な判断力で秀吉をも恐れさせた武将の生涯。

秀吉は、妙なことを考えた。

当初はかれ自身も、それが実現できるとは思わなかったであろう。

——この高松城を城ぐるみ水に浸してしまえるのではないか。

ということである。

実際のところ、高松城は寄手《よせて》にとって始末のわるい城であった。

この城は、深田の中にぽつんと在る。城そのものの基台をなしているのは小さな丘陵だが、ともかくも、一面の泥の地面に、城の所在地が一点だけ乾いているのである。

もう一つ乾いているところがある。城の大手門から出ているせまい一筋の道路である。寄手はこの馬一頭を通すだけのせまい道路をつたって城に近づくほか、接近の方法がない。このため、寄手が何万の兵を持とうとも、せいぜい一列百人ぐらいの人数が城に近づけるだけであった。

秀吉は一、二は接近させてみた。ところが城内から五百挺ほどの鉄砲が一せいに鳴りわたり、鉛弾を一列になって馬鹿のように寄ってくる寄手に注ぎかけるため、たちまち死傷者が出た。秀吉は中止を命じた。

そのころに、浮かんだ思案である。

――湖《うみ》のようにするのだ。

と、秀吉はその思案にとりつかれた。

この着想自体、奇想天外ともいうべきものだが、これについて秀吉自身勃然と意欲をおこしたのは、かれのうまれつきともいうべき器量の大きさに加えて、かれがとほうもなく土木好きだったということであろう。

高松城は背後（北）と両脇を山にかこまれている。

正面は、南にむかっている。

城の西北方から東南方にかけて足守川が流れている。つまり、城南の野を足守川がななめに横切って流れているのである。

（この足守川の西北の一点を閉ざし、大堰堤《えんてい》をつくって足守川の水を城のほうへ流しこむと、そのまま湖になるではないか）

秀吉は、おもった。

ただ都合よく河水が城のほうに流れこむかどうか。土地の高さの関係はどうか。足守川の流れのまわりよりも城のまわりの土地のほうがうんと高ければ、水はかえって逆へ流れてしまう。場合によっては秀吉軍の城南の包囲部隊のほうに流れこむかもしれない。

秀吉はこれについて、陣中につれてきている二人の大工の棟梁（辻大八、多《お》門《かど》林右衛門）をよび、この構想を話し、土地の高低を積らせてみた。

『播磨灘物語』より

【備中高松城データ】
①なし　②平城(沼城)　③石川久式　④永禄末年～元亀元年頃(1570年前後)　⑤本丸跡、二の丸跡、三の丸跡、捨石、高松城水攻め築堤跡など(国指定史跡)　⑥岡山県岡山市高松　⑦高松城趾公園資料館　☎086-287-5554　⑧昭和57年の沼の復元時、土中に眠っていた蓮が400年の時を超え、再び芽吹き始めたという。宗治も愛でたであろうその蓮は、現代にみごとな花を咲かせている。

●問い合わせ
おかやま観光コンベンション協会　☎086-227-0015
●城へのアクセス
JR吉備線備中高松駅より徒歩10分

三キロを囲んでの「水攻め」作戦

秀吉の壮大な奇策「水攻め」と、天下人への運を開いた「中国大返し」の舞台。『播磨灘物語』や『新史 太閤記』の臨場感あふれる描写は司馬作品の真骨頂だ。

古代、吉備王国が栄えた豊かな地、現在ものどかな田園地帯が広がっている。このあたりに備中高松城があったというが城の面影はほとんど残っていない。二の丸と本丸跡が公園となっているが、石垣や櫓があるわけではない。ただ、堀に囲まれた郭跡から当時の城の規模は、ある程度推察することができる。

備中高松城は永禄年間（一五五八〜七〇）に石川氏が築城。その後間もなく、毛利方に属した清水宗治が奪取して城主となる。その後、織田信長の勢力が膨張してくると、戦略拠点としてがぜん重要視されるようになる。そして、天正十年（一五八二）四月、中国攻めの先鋒をまかされた羽柴秀吉の軍勢により城は包囲された。

城は平地にあり、頼みとなる郭も低く、攻めるに容易な感じがする。しかし、周囲は見渡すかぎりの水田。さらに、城郭は沼に囲まれていたという。泥と水が攻城兵たちの行く手を阻む。その防衛効果は絶大で、城主・宗治をはじめ五千人の城兵は、籠城戦に絶対の自信をもっていた。ここで秀吉は、あの奇想天外な作戦を実行する。城を堤防で囲み、低湿地にある城を水没させてしまおうというもの。世にいう「高松城水攻め」である。

堤防は城の周囲約三キロをぐるりと囲むように造られた。現在も堤防の跡が城跡の近くに残っている。秀吉はこの大堤防をわずか十二日で完成させたとか。時はちょうど梅雨、城に近い足守川は増水して、堤防の中に大量の水を注ぎ込む。またたく間に城の周辺は湖となり、城兵は足元まで迫ってきた水に悩まされたという。

もはや落城も時間の問題と思われた。そのとき、本能寺の変が起こる。秀吉は信長の死を悟られまいと早期講和を画策。城主・清水宗治の切腹をもって城兵の命は助けることを約束し、開城させることに成功した。

本丸跡には、城兵の命を助けるために潔く腹を切った宗治の首塚がある。また、城の北西にある家中屋敷跡には宗治の遺骸を埋葬した胴塚も残っている。

「浮世をば今こそわたれ武士《もののふ》の名を高松の苔に残して」

辞世を詠みながら、宗治は湖水に浮かぶ舟上で悠然と腹を切った。城を囲んだ沼の一部が復元され、宗治の最後のシーンもリアルに想像できるようになった。この池は「蓮池」とも呼ばれ、蓮が自生している。花の季節はとくに美しい。誰が名づけたか、この蓮を「宗治蓮」という。

四百年の時を超えた蓮に出会う

最上稲荷神社　天平勝宝四年（七五二）、報恩大師が八畳岩でご本尊・最上位経王菩薩を感得したことが寺の発祥である。もともと寺の名は竜王山神宮寺だった。秀吉の備中高松城攻めで戦火に遭って、堂宇は焼失したが、本尊は難を逃れる。慶長六年（一六〇一）に再興され、このとき、寺名が稲荷山妙教寺に改められた。昔から「不思議なご利益をお授けくださる最上さま」として多くの人々から信仰され、伏見や豊川とならぶ日本三大稲荷のひとつに数えられている。

高松城趾公園資料館　備中高松城に関する資料を集めた資料館で、豊臣秀吉による「水攻め」の状況などを詳しく解説している。また、館内には周辺から出土した遺物や文化財なども多数展示。白壁土蔵風の建物もいい雰囲気で、歴史ファンに人気の施設である。

備中松山城と『峠』

『峠』
新潮社

戊辰戦争の際、長岡藩を率いて戦った河井継之助。一藩士が、やがて家老となり「侍」としての正義を貫くに至るまでを描いた長編小説。

翌朝、靄《もや》である。

旅籠のそばが渓《たに》になっており、継之助は露にぬれながら降り、瀬で顔をあらった。

（あれが、松山城か）

と、川むこうの山を見あげた。みるからに坂のけわしそうな山である。いわゆる「山城《やまじろ》」であった。この種類はめずらしい。城がけわしい山の上にあるというのは鉄砲渡来以前の常識であり、当然ながら敵をふせぐのにこれほど便利なものはない。

が、戦国後期に鉄砲が渡来して、この形式ははやらなくなった。鉄砲という、弓よりも射程のながい兵器が、山城にこもる敵を苦もなく打ちくだくようになったのである。そのころ、城は平地に降りた。

継之助らの越後長岡城は、江戸城や大坂城と同様、平坦地にあり、いわゆる「平城《ひらじろ》」である。山城などは数百年前にすでに流行おくれであるのに、この備中松山城は典型《モデル》のような山城である。

（古格でいいものだ）

と、継之助は見あげつつおもった。山腹に靄がうごいており、山頂の白壁に朝のひかりがきらきらと映えている。天守閣は二層で、大小三十いくつの建物がそれぞれ岩場に基礎をかまえ、たがいに連結し、その威風はいかにも武門の象徴といえるようであった。

『峠』より

【備中松山城データ】
①高梁城　②山城　③秋庭三郎重信　④延応2年(1240)。現存する天守閣、二重櫓、土塀は天和元年(1681)、水谷氏の大改修時のもの　⑤天守2層2階、高さ9.4m、二重櫓、三ノ平櫓東土塀(以上国の重要文化財)など。(国指定史跡)　⑥岡山県高梁市内山下　⑦備中松山城管理事務所　☎0866-22-1487　⑧忠臣蔵で有名な大石内蔵助も城番として在城したという。

●問い合わせ
高梁市役所商工観光課　☎0866-21-0229
●城へのアクセス
JR伯備線備中高梁駅よりタクシー、ふいご峠下車、徒歩20分

二十一の砦を配した一大要塞

『峠』では、河井継之助もここを訪れ、「古格でいいものだ」と山上の城塞を仰ぎ見ている。時は幕末、世には戦乱の気配が漂い始めていた。志をもつ英傑にとって、孤高を感じさせるその姿が自分自身とも重ね合わされ、好ましいものに思えたのかもしれない。

標高四百八十メートルの臥牛山《がぎゅうさん》山頂。日本最高所にある天守閣が、城下町を見下ろして建つ。備中松山城は、南北朝時代に主流だった山城の風情を色濃く残している。その山麓、高梁川《たかはし》沿いに開けた城下町もまた、かつての面影を残す「小京都」として人気がある。

高梁川に沿って山が迫るなか、わずかな平地にへばりつくように町並みがある。古い石垣・白壁の武家屋敷が続く通りや板張り土蔵造りの商家、砦の機能もあったという土塀で囲われた寺々……ここは情趣豊かな城下町である。

町の北に臥牛山。そして、その頂に城。精神的な支配、安心を生むよりどころとしての古き城の姿がここにある。町にいて感じる落ち着きは、そんなところからくるのかもしれない。

築城は鎌倉時代の延応二年（一二四〇）。地頭職・秋庭《あきば》三郎重信が築いた砦がその発祥である。その後は三村一族の居城となり、城は整備拡張されてゆく。

戦国時代には本城の周囲に二十一もの砦を配し、臥牛山全域が一大要塞の様相を呈していた。

天正二年（一五七四）冬から翌三年夏、毛利氏が短期攻略を期して、八万の軍勢をもってこの城を攻めたが、攻めあぐみ、戦闘は長期化。落城させるのは容易ではなかったという。

江戸時代になると、城は、二条城の作事奉行でもあった名作庭家・小堀遠州の手で改修される。小ぶりだが味のある二層の天守閣も、このときに造られたものだとか。

戦国時代の末期あたりから、城の役割が、戦うための砦から、領国経営の中心、政治・経済を司る拠点に変化してくる。「山城」はつぎつぎに廃され、新たに平地に城郭が築かれたが、この備中松山城は江戸時代を通して「現役」だった。平坦地の少ない山間の地ゆえか、城に対する愛着がそうさせたか、あるいは経済的事情か、理由はわからない。

吉備高原にある備中一の城下町

武家屋敷　備中高梁駅から徒歩十五分ほどのところにある、武家屋敷の家並みが続く「石火矢町《いしびやちょう》 ふるさと村」。閑静な通り沿いの武家屋敷のうち、格式ある書院造りの母屋をもつ旧折井家（武家屋敷館）、寺院建築風の造りが珍しい旧埴原《はいばら》家が一般に開放されている。

薬師院・松連寺《しょうれんじ》　石垣が連なり、ひと続きの城郭のように見える二つの寺院。備中松山城の砦として建てられたため、このような造りになっている（内部は一般開放していない）。薬師院は、寛和年間（九八五〜九八七）、花山天皇が開基したといわれる古刹。本尊の薬師瑠璃光王如来は五十年ごとに開帳される秘仏である。隣り合う松連寺の伽藍は、明暦三年（一六五七）に藩主・水谷勝隆が建てたもの。両寺院とも、映画『男はつらいよ』のロケ地になっている。

紺屋川　紺屋川の川筋に沿って、桜と柳の並木の続く紺屋川美観地区。古い町家や商家、白壁の土蔵などが立ち並んでいて、城下町・高梁の風情を満喫できるエリアだ。

頼久寺《らいきゅうじ》庭園　暦応二年（一三三九）、足利尊氏《たかうじ》が安国寺として再興させた禅刹。枯山水の庭園は小堀遠州の作庭によるもので、江戸初期の代表的庭園として高く評価されている。

山田方谷《ほうこく》

備中松山領西方村生まれの、幕末の代表的陽明学者。経済にも明るく、藩主・板倉勝《かつ》静《きよ》に信任され、備中松山藩の藩政改革に取り組んだ。十万両の負債で破綻《はたん》寸前の藩財政を「上下節約」「負債整理」「産業振興」「紙幣刷新」などを掲げて立て直し、最終的には十万両の蓄財に成功している。

方谷が行った新しい試みは、全国的にも注目を集め、その卓抜した思想・手法の教えを請うため各地から英才が方谷のもとを訪れた。『峠』の主人公・河井継之助もはるばる方谷を訪ねて学び、師と仰いでいる。

維新後は明治政府からも請われたが、再仕官することはなかった。晩年は教育を専らとし、多くの人材を育成した人物である。

郡山城と『街道をゆく』

神戸・横浜散歩、芸備の道

『**街道をゆく**』
朝日文庫

紀行・第21巻「神戸・横浜散歩、芸備の道」では、毛利の旧都・吉田や、三次の岩脇古墳など、広島を訪ねた三泊四日の旅の模様を記す。

郡山は、吉田盆地の平場《ひらば》から測って高さ二〇〇メートルほどの山で、全山が石英斑岩でできている。

山頂に、本丸と二ノ丸の平坦地がある。

その山頂を中心に「大」の字型に五つの稜線が盛りあがり、五つの方角にむかって低くなってゆく。その五つの稜線をことごとく城郭化したわけで、その作業は容易でなかったであろう。稜線を削って平たい壇《だん》をつくり、多くの壇が下方にむかって、大きな石段のように連結してゆくのである。

元就が、家督をついで郡山城に入ったのは大永三年（一五二三）二十七歳のときで、織田信長（一五三四～八二）はまだうまれていない。

当時、ひとくちに毛利氏の所領は、

「吉田三千貫」

といわれていた。貫は、田畑の収穫量の単位である。

〈中略〉

かれの元来の所領三千貫は、まことにせまい。かれが農民の顔をぜんぶ知っていたとしてもふしぎではないほどにせまいのである。

（いっそ農民と一緒に）

という思想が最初から元就にあった。農民に対し領主と運命を共有する意識をもたせることであったが、このことはたとえ思いたつ者がいてもじつにむずかしい。

ただし当時は江戸時代とちがい、兵農が分離していなかった。農民はいつでも武士になれたし、現に農民は武器をたくわえていて、団結すればそのまま武装勢力になりえた。このため、兵農の身分差が江戸時代のようではなく、農民たちを、領主がその気になれば身分として見ず、人間として見ることができた。

元就は、尼子の大軍が来襲したとき、領内の農民とその家族をことごとく郡山城のなかに収容してしまった。

このことは、かれの撫育策が御為ごかしでなかったことをあらわしている。

このときの元就の戦略は、まず郡山という山城に、さざえがふたをしたようにして閉じこもることであった。来襲軍が野を焼き、民家を焼く。やがて冬がきて疲労する。

その間、かれが臣礼をとってきた大内氏から援軍を仰ぎ、その到着とともに尼子軍の労《ろう》を打つというもので、このやり方以外に、弱小の領主が、山陰・山陽の兵をこぞってやってくる尼子氏と対抗する法がなかった。

元就は、郡山城主になったときから、この型を考えつづけてきたにちがいない。

『街道をゆく』神戸・横浜散歩、芸備の道 より

【郡山城データ】
①なし　②山城　③毛利時親、元就　④延元元年（1336）旧本城、大永3年（1523）本城　⑤本丸・二の丸・三の丸など郭130、堀、石垣、土塁、井戸など（国指定史跡）　⑥広島県安芸高田市吉田町　⑦吉田歴史民俗資料館　☎0826-42-0070　⑧城の大改修時に、家臣が旅の者を人柱にしようとしたところ、元就は人柱の代わりに「百万一心」と刻んだ石を石垣に埋めさせたという。

●問い合わせ
安芸高田市役所商工観光課　☎0826-47-4024
●城へのアクセス
JR芸備線吉田口駅よりタクシー15分

元就の躍進を支えた巨大な山城

司馬遼太郎が郡山城跡のある吉田を訪ねたのは、昭和五十七年のこと。齢、五十九である。

安芸国《あきのくに》（現在の広島県）の山里の小領主からスタートして、中国地方の支配者となった毛利元就。その大躍進を支えたのは、山中に築かれた大要塞だった。勢力拡大期の毛利氏が本拠とした郡山城は、百三十もの郭からなる戦国時代でも有数の巨大な山城だったという。

中国山地の山々が間近に迫る、江《ごう》の川流域の小盆地・吉田。中国地方から九州北東部、最大十一カ国を支配した西日本の有力戦国大名・毛利氏は、この戦国の表舞台と隔絶された小さな「世界」から始まった。毛利氏は当初、吉田庄と呼ばれたこの小さな山里を支配する土豪だった。さかのぼれば、鎌倉幕府の要人・大江広元に至るという。その本拠が郡山城。築城は毛利氏が吉田庄に下向してきた延元元年（一三三六）である。

時代の荒波に翻弄される名族の末裔は、この盆地を見下ろす小山に籠り、戦国の世を綱渡りのようになんとか生きていた。その頃の城は弱体だった毛利氏の力量に相当して、小さな砦程度のものだった。出雲の尼子《あまこ》、山口の大内といった近在の巨大勢力に、いつ攻め滅ぼされるかもしれぬ運命。だが、毛利氏に元就が生まれたことで、この一族の運命は一変する。

大永三年（一五二三）に元就が当主となってから、息子たちによる吉川《きっかわ》氏、小早川氏の相続、大内氏を滅ぼした陶晴賢《すえはるかた》を討った、世に名高い厳島《いつくしま》合戦など、謀略、戦勝によって毛利氏の勢力は急速に拡大する。それに合わせて郡山城もしだいに拡張されていった。

郡山城跡を訪ねる。江戸時代の「一国一城令」によって郡山城は徹底的に破壊され、現在は山中に崩れた土塁、草に埋もれた石垣を見るのみ。しかし、その遺構は山中のかなり広い範囲に見ることができる。山中を歩きまわるうち、しだいに、その規模の大きさを実感することになる。

かつては山頂部の本丸、二の丸、三の丸といった主郭を中心に、周辺には百三十もの郭を配し、全山が要塞化されていた。天文九年（一五四〇）には、尼子晴久が率いる大軍に囲まれたが、半年にわたる籠城戦によく耐えてその真価を発揮。その後も本拠として、毛利氏の大躍進を支えた。

毛利ゆかりの地をゆく

時代の毛利氏に関する資料は豊富。

吉田歴史民俗資料館　郡山城跡の麓に建てられた資料館。白壁の城郭をイメージした建築、館内には古代から近代に至るまで郷土の資料が数多く展示されている。とくに戦国時代の毛利氏に関する資料は豊富。

「百万一心」碑・「三矢の訓跡」碑　郡山城の拡張工事の際、元就が人柱に代えて埋めた巨石に彫られた「百万一心」という言葉。これは、文字を分解すると「一日一力一心」、つまり「日を同じくし、力を一つに、心を一つに合わせる」となり、団結・協調して臨めば事を成し遂げられるの意。元就の人生訓である。その石に彫られた文字の拓本を模刻したのが「百万一心」碑。また、郡山山麓の元就の居館・御里屋敷跡（現・少年自然の家敷地内）には、一本の矢は簡単に折れても三本なら折れない……という、兄弟の和を説いた有名な「三本の矢」にまつわる碑もある。

清《すが》神社　奈良時代創建とされる郡山の鎮守社。毛利氏の祈願所でもある。境内の杉は樹齢五百年以上とも七百年以上ともいわれ、元就の時代をも知る貴重な「証人」だ。

毛利元就墓所　元就は御里屋敷でその生涯を閉じた。享年七十四。郡山城北の洞春寺跡に元就の墓が立つ。近くには一族の墓もある。

勝瑞城《しょうずいじょう》と『夏草の賦』

『夏草の賦』
文藝春秋

一郡の領主から土佐一国、四国全土、さらに京へ。野望は広がるが……。長曾我部元親と、その妻・菜々を軸に描かれた、戦国の覇権争い。

阿波方の本拠地の勝瑞城は、こんにちの地名では、藍住《あいずみ》町

という。徳島市とは吉野川をへだてた北西にあり、二十キロをへだてている。

吉野川の三角洲平野にあり、自然、土地はひくく、まわりに川が多い。

そこに十河存保が阿波防衛の旗をなびかせているが、軍勢は五千ほどしかない。

「土佐の勢、およそ二万三千でござる」

という急報を偵察者からきいたときも、この存保は顔色も変えなかった。「鬼十河」といわれただけに、よほど胆のすわった男であったらしい。

普通、籠城《ろうじよう》ということになる。籠城して長期間もちこたえ、そのうち秀吉の手すきを待ってその応援をあおぐ、というのが得策であろう。が、勝瑞城は規模が小さく、四方二、三丁ばかりで、塀も堀も一重しかなく、長期の攻防戦

に耐えられそうになかった。

「籠城がよろしゅうございましょう」

と献言する老臣もいたが、存保は一笑に付した。籠城すれば兵気が萎《な》え、臆病心が生じ、一人前の兵も半人前の力しか出せなくなる、というのが、存保の説であった。このあたり、ただの貴公子ではないであろう。

いよいよ土佐軍が近づくときくや、存保は野外決戦を覚悟し、兵を城外に出した。

城外の中富川の線まで進み、その北岸の堤防上に先鋒部隊二千を展開させた。存保はそのとき全軍に布告し、

「阿波の存亡はこのときにある。一命をかえりみるな」

とさとした。

土佐軍は、元親の弟の親泰がひきいる先鋒のみ南岸に来着した。その人数は三千で、阿波軍よりも二千すくない。

やがて、川をはさんで対峙《たいじ》したが、土佐軍は容易に開戦しない。

「味方の人数がすくない」

というのが、指揮官親泰の理由であった。元親の本軍の来着を待って攻撃を

はじめるのが無難であろう。親泰は長曾我部家の外交官としてかつて織田家に使いするなどの功をたててきたが、軍事には慎重すぎるかたむきがあった。

この慎重さに将士は、わきたった。つぎつぎと親泰の本営につめかけて開戦をせまっているとき、元親の本軍二万が来着した。

「なにをたじろぐことやある」

と、元親は親泰を叱り、全軍に攻撃命令を発した。その攻め太鼓とともに先鋒三千が、いっせいに河へとびこんだ。

同時に阿波方も先鋒のこらず河へ入り、河中の洲、浅瀬、深みで血戦が展開された。

時刻は昼さがりである。

『夏草の賦』より

【勝瑞城データ】
①阿波屋形、下屋形　②平城　③細川詮春など諸説　④鎌倉初期、貞治２年（1363）など諸説　⑤土塁、堀など（国指定史跡）⑥徳島県板野郡藍住町　⑦藍住町教育委員会　☎ 088-637-3128　⑧応仁の乱でも活躍した７代目城主細川成之は、東山時代を代表する文化人としても有名。公家、僧侶、歌人、書家、学者などと幅広い交流をもち、当時の勝瑞は文化都市としても大いに栄えたという。

●問い合わせ
藍住町役場建設産業課　☎ 088-637-3122
●城へのアクセス
JR高徳線勝瑞駅より徒歩10分

入り組む河川が天然の外堀に

『夏草の賦』にいう、「勝瑞城は規模が小さく、四方二、三丁ばかりで、塀も堀も一重しかなく、長期の攻防戦に耐えられそうになかった」と。

四国山地を源とし、紀伊水道に注ぐ四国随一の長河・吉野川。親しみと畏れをもって「四国三郎」と呼ばれる。その流域には、川が運んだ土砂によって肥沃《ひよく》な平野がつくられ、見るからにのどかな田園風景が広がっている。

その昔、ここに殷賑《いんしん》をきわめた四国の中心都市「勝瑞」があったという。

この平野部には、吉野川に集まる支流が毛細血管のように幾筋も流れ、早くから水運が発展した。物や人は支流から大河を経て海へ。海を渡れば大坂や京にも近い。室町時代から戦国時代にかけて阿波国を支配していた三好氏は、この地を本拠に畿内へ進出、一時は都を支配して天下を取る勢いもみせた。その背景には、この豊かな穀倉地帯を領有する経済力と、水運を使って兵力を迅速に動員できる抜群の機動力があった。

勝瑞城跡には、現在、本丸跡の土塁や水堀などが残り、当時の面影もわずかに感じられる。平地にあって堅城といったイメージはないが、当時、四国はもちろん全国でも最強レベルの大名だった三好氏に刃向かう勢力などなかったろう。

城郭の周辺には河川が入り組んでおり、これが天然の外堀となっていた。その内側には水堀で囲まれた勝瑞城を中心に、家臣の居館が立ち並び、さらに川沿いの港には商家が軒を連ねてにぎわったという。

勝瑞は阿波国守護・細川氏が「守護所」を置いたことから「守護町」とも呼ばれ、阿波の中心となっていた。天文二十一年（一五五二）、執事の三好義賢《よしかた》が謀略により勝瑞城を奪ってからも、それは変わらず、阿波国のみならず四国でも有数の都市として栄えたという。

だが、そんな勝瑞の栄光にも終焉の時はくる。

天正十年（一五八二）、新興勢力の長曾我部元親が土佐より侵攻。そのとき、勝瑞城主となっていた三好氏にくみする十河存保《そごうながやす》は、野戦・籠城の後、城を捨て讃岐《さぬき》へ逃れた。阿波は長曾我部の勢力圏となり、勝瑞城もただの支城となる。その後、蜂須賀氏の阿波入部により、中心地の機能は徳島へ移り、勝瑞城は無用となった。

全国で有数の藍の産地を楽しむ

見性寺《けんしょうじ》　勝瑞城跡に建つ三好氏の菩提寺で、一族の墓や肖像画などがある。

正法寺《しょうほうじ》　初代徳島藩主・蜂須賀至鎮が妻の敬台院に与えた土地にあった古刹で、藩の保護を受けた。本堂は寛文九年（一六六九）の建立。素晴らしい天井絵や壁画で知られる。

正法寺川公園　正法寺川公園は、キャンプ場や広場を中心にした水と緑の公園で、市民の憩いの場となっている。園内につくられた「みどり橋」は、木造のアーチ橋としては西日本でも随一。藍住の町のシンボルとして町民にも親しまれている。橋の背景は田園や山々。のどかで心落ち着く風景を楽しませてくれる。

藍住町歴史館・藍の館　江戸時代、徳島藩では殖産興業として、藍作や藍の加工を奨励してきた。そのため吉野川流域は、全国でも有数の藍の産地となっている。「藍の館」は、かつての藍商人の屋敷を利用して、藍栽培や藍染めの工程など、藍に関する数々の資料を展示。また、藍染めにチャレンジすることもできる。建物は文化五年（一八〇八）のもので、母屋をはじめ三棟の藍加工場からなる。当時の藍商人の隆盛、また、藍染め職人たちの生活ぶりなどをリアルにうかがい知ることができる。

高知城と『功名が辻』『酔って候』

『**功名が辻**』

文藝春秋

『**酔って候**』

文藝春秋

戦国……信長、秀吉、家康。三人の覇者の時代を、妻・千代の内助の功で、巧みに渡り、ついに土佐一国の大名となった山内一豊の痛快出世物語。

幕末「四賢侯」の一人といわれた山内容堂。偶然の土佐藩主継承から廃藩まで、激動の時代に異彩を放った人物のドラマを小気味よく描く短編。

「あの岡はなんという」

「大高坂山《おおたかさか》と申しまする」

と百々越前はいった。

「あれに築城するのだな」

伊右衛門は、さすが百々越前のめききだけある、とこの土地がすっかり気に入ってしまった。

その岡に登った。

なるほど、眼下に天然の外堀たるべき潮江川がうねり、浦戸湾にそそいでいる。町造りをした場合の商業上の水利もよいであろう。城下町の荷が、そのまま船に積まれ川口に出、大坂へ運ぶことができるのである。

「気に入った」

「それはよろしうございました。昨日も申しましたとおり、唯一の欠点は、雨期に水浸《みずつ》きが出るということでございますが、それは」

と、百々越前は鞭《むち》をあげてそこここの地形地物をさししめし、どこに堤を築

き、どこに運河を掘り、といったぐあいに説明し、

「されば、まず水の心配はございませぬ」

と、うけあった。

「地名は、河内というのじゃな」

「無用の河川が縦横に走って、年に数度は水つきがあり、四時、土地が湿潤しているため左様な地名になったのでもございましょう」

「河内という名では水難がありそうで縁起がわるい。高知とすればどうだ」

「あっ、これはよい地名で」

と、百々がいった。

「高ク知ル、知るは統治するという意味もあり、つまりよく統治がゆきとどくという縁起よき文字にもなりまするな」

「越前でもそう思うか」

伊右衛門は、自分の想案を新規召しかかえの重臣にほめられてうれしそうな顔をした。

「さればこのあたりを高知とし、国中にも知らせよ」

『功名が辻』より

伊右衛門の入城は、慶長八年八月二十一日におこなわれた。

入城行列に参加した人数はざっと三千人、みなびびしく礼装して浦戸から高知までのあいだを練った。

伊右衛門は馬上、長えぼし、大紋《だいもん》のすがたで馬を打たせた。千代は金蒔絵《きんまきえ》をほどこした女乗物でゆく。

城下に入って、潮江《うしおえ》川に白堊《はくあ》の影をおとす天守閣を見たとき、

(ご亭主どのも、この大城のぬしになられたか)と、さすがに感慨がふかかった。

入城の日、城内で賀宴がはられた。本丸の大広間だけでなく、二ノ丸のあちこちに紅白のまんまくが張りめぐらされ、武士たちは下されものの酒に酔った。

日没後、宴は果てた。伊右衛門は奥にひきとり、千代とともに休息した。

「本日は、お城普請はやばやと出来《しゅったい》し、おめでたきかぎりに存じまする」

と、千代は折り目をつけて丁寧にあいさつをした。伊右衛門もすでに平装に着かえているが、膝《ひざ》をただし、

「ともどもに祝着《しゅうちゃく》なことでござる」

と、答礼した。

そのあと膝をくずし、台所役人に命じてきょうの酒宴の残りものを持って来させ、

「千代、ただいまよりそなたと水入らずで直会《なおらい》の夜宴を張ろう」

と、杯をあげた。

千代も今夜は心ゆくまで酔ってみたいとおもった。

「千代、大望がはたせたな」

と、伊右衛門はいった。

「なにごともそなたのおかげだ」

「うれしいことを申されまする。一豊様のご武勇、ご才覚、ご運があったればこそでございます」

「そうだ、と言いたいが、わしには左様なものはあまりなかったようだ」

「ご謙遜《けんそん》を」

と、千代はからかうような目で伊右衛門をみた。いや本当だ、と伊右衛門は鼻を鳴らし、にがっぽく笑った。

『功名が辻』より

名は豊信《とよしげ》。

号は容堂《ようどう》。


ただし、この襲封当時はまだ山内容堂という、のちに著名になった呼称を称していない。さしあたって——この男は、というよびかたで言うのが無難であろう。


明けて嘉永二年（一八四九）。

その夏には、藩主としてはじめてお国入りをした。

城下の追手門筋には砂がまかれ、道路の両側には幔幕《まんまく》が張られ、沿道には藩士、その家族、それに町民が拝跪《はいき》し、行列の来るのを待っている。普通、入城の先例は、駕籠をもちいることになっていたが、この男は、

「馬で入る」

と、きかなかった。老臣たちが先例をたてにとり、それはなりませぬ、国持大名の御格式というものがござります、と必死で思いとどまらせようとしたが、

「先例と申せば、明神様は駕籠か」

といった。明神様というのは、城内の祠《ほこら》に藤並明神様として、祀《まつ》られている藩祖山内一豊《かずとよ》のことである。

「いや、当時は戦国でござれば」

と老臣がいうのをこの男は逆に取り、

「万事、その風《ふう》でやる」

といった。かれは自分を一編の詩の中の人とみたかった。徳川期の軟弱な大名ではなく、戦国風雲の武将としての自分を、詩人である別の自分に見物させてやりたい衝動に駆《か》られた。

「馬」

と、城外で駕籠をすて、「増鏡《ますかがみ》」と名づけている駿馬《しゅんめ》に騎し、戛々《かつかつ》と打たせて沿道を進み、やがて一鞭《いちべん》、城内に乗り入れた。

これが城下で評判になり、

馬は増鏡、
乗り手は君よ、
光り輝く御姿を

というヨサコイ節が、その夜のうちに城下で流行したほどであった。五尺六寸という、当時としては長身の上に、眉《まゆ》あがり眼するどく、一種英雄の凄気《せいき》をおびた容貌《ようぼう》が、仰ぎ見るがわからみればこの上もなく颯爽《さつそう》とみえたのであろう。

『酔って候』より

【高知城データ】
①大高坂城、鷹城　②平山城　③山内一豊　④慶長6年(1601)。現在の天守は寛延2年(1749)の再建　⑤天守3層6階、高さ18.5m、本丸御殿、納戸蔵、西多聞、東多聞、黒鉄門、廊下門(以上国の重要文化財)など　⑥高知県高知市丸ノ内　⑦高知城管理事務所　☎088-824-5701　⑧築城の状況を見に行く一豊は、身の安全のためいつも5人の影武者を伴い、「六人衆」と呼ばれたという。

●問い合わせ
高知市役所観光課　☎088-823-9457
●城へのアクセス
JR土讃線高知駅より徒歩20分

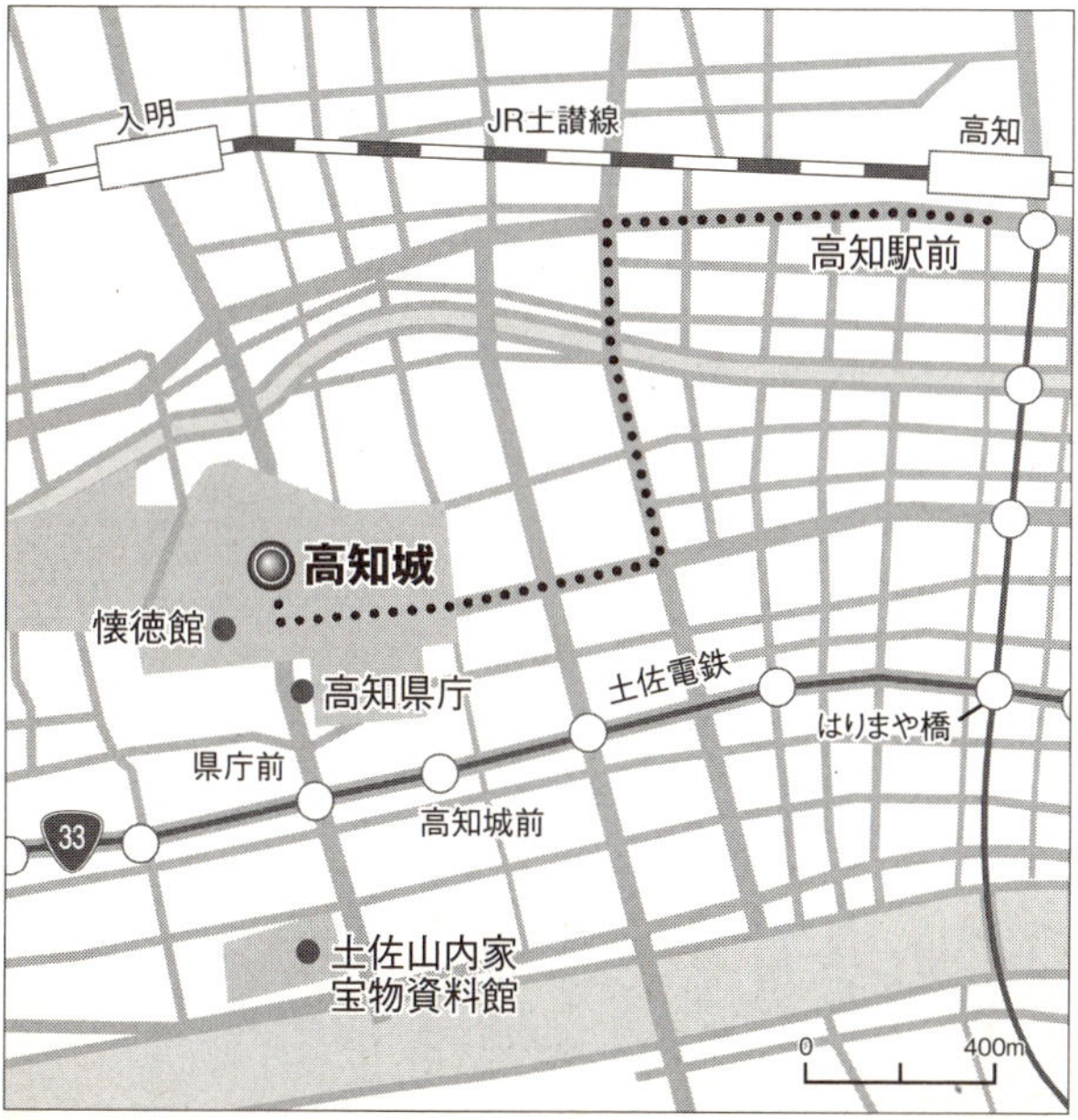

夫婦愛で明日を築いた高知城

「伊右衛門は、さすが百々越前のめききだけある、とこの土地がすっかり気に入ってしまった」と、『功名が辻』の一節にある。築城候補地、大高坂山のことである。

標高は五十メートル足らず、山というよりも高知平野の一角にもっこりと隆起した小高い丘である。当時この丘に登れば、眼下に潮江川の清流、その先には浦戸湾が望め、目を転じて彼方には四国山脈の連なりが一望できたという。絶景であるとともに、水運の地であり、土佐一国を支配するに最適の立地であることがわかる。

ところで、この大高坂山の地に城を築いたのは山内一豊が最初ではない。さかのぼって南北朝の時代には南朝方の武将である大高坂松王丸の居城がここにあり、次に戦国大名の長曾我部元親も天正十六年（一五八八）から四年ほど、この地を拠点に四国制覇の戦いを展開した。その後、長曾我部氏が居城を浦戸に移したために、大高坂山の城は朽ち果てる。その城跡に、一豊が土佐支配の新拠点として、壮大な縄張りの城を築いたのだ。

慶長六年（一六〇一）に一豊が土佐に入国してすぐ、百々《どど》越前守を総奉行として築城工事が始められる。二年後に本丸と二の丸は完成して一豊が入城したが……城はまだ未完成であった。その後、慶長十六年（一六一一）、二代藩主忠義の代になって三の丸が完成し、現在の高知城の縄張りができあがる。ちなみに「高知」の名は山内氏の城造りから生まれた。一豊の時代に「大高坂山」は「河中山《こうち》」と改名。その後、二代目藩主が城下町建設の際に治水で苦労したことからこの名を嫌い、さらに「高智山」と改めた。これが城と城下町「高知」の始まりである。『功名が辻』では、一豊が一気に決めたことになっている。

「城下に入って、潮江《うしおえ》川に白堊《はくあ》の影をおとす天守閣を見たとき、（ご亭主どのも、この大城のぬしになられたか）と、さすがに感慨がふかかった」

『功名が辻』の一節である。

一豊の妻・千代を感動させた天守閣は、大火で焼失してしまったが、寛延元年（一七四八）に築城時のままに再建されている。つまり、現在見る天守閣は、千代が感動した姿と変わらない。

高欄をめぐらせた三層六階の望楼型天守、千鳥破風や唐破風の配置が特徴的である。

現在、二の丸と三の丸は公園となっているが、納戸蔵や東西の多聞櫓、黒鉄《くろがね》門などに囲まれた本丸は、ほぼ当時のままに残る。本丸の中央には天守閣と本丸御殿（懐徳館）が接続して建っている。この配置は比較的古いスタイルで、江戸時代の城としては珍しい形状なのだとか。当時の建築の粋を存分に観察できる貴重な遺産だ。

司馬遼太郎が愛した竜馬の故郷

土佐山内家宝物資料館　一豊の領地安堵状や、二代忠義の正室・阿姫《くま》の嫁入り道具など、山内家伝来の歴史的資料を保存・展示する。

旧山内家下屋敷長屋　山内豊信（容堂）が元治元年（一八六四）に建設した武家長屋。内部には当時の生活用具などが展示されている。

皿鉢《さわち》料理　高知の名物といえばこれ。有田焼や九谷焼の大皿に、カツオのたたきや刺身、寿司など新鮮な海・山の幸を豪快に盛り合わせる。訪れたらぜひ味わいたい。

桂浜　竜頭岬から竜王岬の間、背後に浦戸城跡を擁し、弓状に、太平洋に開けた風光明媚な砂浜。月の名所としても知られる。『竜馬がゆく』で生き生きと描かれる坂本竜馬は高知城下の郷士の生まれ。浜には、遥か太平洋を望んで立つ竜馬像がある。

山内一豊と千代

「内助の功」の代名詞、賢妻の代表とされるのが、山内一豊の妻・千代である。苦しい台所をやりくりして夫のために名馬を購入、それに騎乗した一豊が、主君・織田信長の目にとまって出世街道を驀進《ばくしん》する……とは、よく描かれる彼女の有名なエピソード。また、関ケ原の戦の際に、石田三成から送られてきた書状を「封をあけずに家康殿にお送りなさいませ」と助言したのも彼女なのだとか。聡明な頭脳の持ち主なのだが、出しゃばることはなく、節目節目で夫に適切なサポートを行う。まさしく理想の妻といった感じである。

千代の出生地については近江説と美濃説がある。ちなみに近江説のほうをとれば、信長によって滅ぼされた浅井家の家臣・若宮喜助友興の娘で、弘治二年（一五五六）、近江国坂田郡の生まれ。幼いころに一豊の母から裁縫を習ったことが縁となって山内家に嫁ぐことになったという。千代は十四歳。ここから二人三脚の出世物語が始まった。

山内容堂と幕末

山内豊信（容堂）は、松平春嶽《しゅんがく》らとともに幕末四賢侯といわれる。酒と詩を愛し、政治向きには淡泊なところもあったという。また、激動期にとったどっちつかずの態度は、勤皇志士たちから「酔えば勤皇、覚めれば佐幕」と揶揄《やゆ》された。

名君か暗君か？　藩主になった当時は、門閥や旧臣の談合による硬直した藩政を嫌い、吉田東洋ら急進改革派に執政させるなど、人材登用も積極的に行った。が、その「人材」は、山内家家中に限られた。土佐では長曾我部氏の旧臣は「郷士」と呼ばれ、差別されていた。容堂も郷士に冷淡だった。一時、郷士勢力の土佐勤王党によるクーデターが成功、藩政を掌握されるが暗躍して弾圧。政争には勝ったが、内紛で無駄なエネルギーを消耗する。当時の郷士には坂本竜馬、中岡慎太郎など人材が多かった。容堂に郷士勢力とも共闘できる度量があれば、土佐藩は薩長にも勝る革命勢力として、幕末をリードできたかもしれない。

松山城と『坂の上の雲』

『坂の上の雲』
文春文庫

松山に生まれた3人——秋山好古、真之兄弟、正岡子規を主人公に、明治という時代の大きなうねりの中にある日本の姿を描き出した長編小説。

まことに小さな国が、開化期をむかえようとしている。

その列島のなかの一つの島が四国であり、四国は、讃岐《さぬき》、阿波《あわ》、土佐《とさ》、伊予《いよ》にわかれている。伊予の首邑《しゅゆう》は松山。

城は、松山城という。城下の人口は士族をふくめて三万。その市街の中央に釜《かま》を伏せたような丘があり、丘は赤松でおおわれ、その赤松の樹間《このま》がくれに高さ十丈の石垣が天にのび、さらに瀬戸内《せとうち》の天を背景に三層の天守閣がすわっている。古来、この城は四国最大の城とされたが、あたりの風景が優美なために、石垣も櫓《やぐら》も、そのように厳《いか》つくはみえない。

この物語の主人公は、あるいはこの時代の小さな日本ということになるかもしれないが、ともかくもわれわれは三人の人物のあとを追わねばならない。そのうちのひとりは、俳人になった。俳句、短歌といった日本のふるい短詩型に新風を入れてその中興の祖になった正岡子規《まさおかしき》である。子規は明治二十八年、この故郷の町に帰り、

春や昔十五万石の城下かな

という句をつくった。多少あでやかすぎるところが難かもしれないが、子規は、そのあとからつづいた石川啄木《たくぼく》のようには、その故郷に対し複雑な屈折をもたず、伊予松山の人情や風景ののびやかさをのびやかなままにうたいあげている点、東北と南海道の伊予との風土の違いといえるかもしれない。

「信《しん》さん」

といわれた秋山信三郎好古《よしふる》は、この町のお徒士《かち》の子にうまれた。お徒士は足軽より一階級上だが、上士とは言えない。秋山家は代々十石そこそこを家禄として殿様から頂戴している。信さんは安政六（一八五九）年うまれの七カ月児だが、成人して大男になったところをみれば、早生児というのはその後の成長にはさしつかえのないものかもしれない。

信さんが十歳になった年の春、藩も秋山家もひっくりかえってしまうという事態がおこった。

明治維新である。

『坂の上の雲』より

【松山城データ】

①勝山城、金亀城　②平山城　③加藤嘉明　④慶長７年（1602）着工、寛永４年（1627）完成。現在の天守閣は安政元年（1854）の再建　⑤天守閣３層３階地下１階、乾櫓、野原櫓、隠門続櫓、一の門南櫓、二の門南櫓、門７基（以上国の重要文化財）など　⑥愛媛県松山市丸の内　⑦松山城総合事務所　☎089-921-4873　⑧嘉明は幕府の思惑の裏をかき築城許可を得た。

●**問い合わせ**

松山観光コンベンション協会　☎089-935-7511

●**城へのアクセス**

市電大街道駅下車、ロープウェイまたはリフトを利用

二十五年の歳月をかけた平山城

司馬遼太郎は『坂の上の雲』で、「古来、この城は四国最大の城とされたが、あたりの風景が優美なために、石垣も櫓《やぐら》も、そのように厳《いかつ》くはみえない」と、松山城の印象を記す。

この地に生まれた者、日露戦争の英雄・秋山真之も、天才俳人・正岡子規も、幼い頃からこの城を仰ぎ見て育った。

『坂の上の雲』は松山城の描写から始まっている。変革とは無関係であるかのように、松山城下の「時」は平穏に流れてゆくように見えた……が、この地にも「維新」は確実にやってきた。

秋山兄弟や正岡子規、これから激動の時代を生きてゆこうとする若者たちを、山の上の優美な天守閣がやさしく見下ろす。

城下町・松山市街から見上げると、いかにも雄大で華麗な風情がある。山上に高く石垣を積み上げた連立式の城。三層の天守閣を中心に櫓が並び、それを城壁が複雑に取り囲む。晴れた青空と緑の山とのコントラストが美しい。姫路城や和歌山城と並んで日本三大連立式平山城といわれるが、標高百三十一メートルの勝山山頂というロケーションがあるぶん、他の二つの城よりも、スケールはさらに大きく感じられるようである。

この城を築いたのは加藤嘉明。豊臣秀吉配下の頃、柴田勝家・佐久間盛政の軍との戦いで「賤ヶ岳《しずがたけ》の七本槍」として勇名を馳せた武将である。関ヶ原の戦では東軍に加わって活躍。そのはたらきが認められて、徳川家康より伊予二十万石を与えられての築城だった。しかし、山上での築城は困難をきわめ、二十五年もの歳月を費やして、寛永四年（一六二七）にやっと完成したという。

その後、譜代の松平家が十五万石で移封され、明治維新に至っている。

完成当時の天守閣は五層といわれ、今よりさらに大きな堂々たるものだったが、天明四年（一七八四）の落雷で焼失してしまう。長い間、天守閣不在の時代が続き、安政元年（一八五四）にやっと再建された。これが現在ある天守閣で、前のものよりだいぶ小ぶりになった。

それは『坂の上の雲』の秋山真之や正岡子規が生まれるほんの十年ほど前のこと。彼らが仰ぎ見た当時のこの天守閣は、今よりずっと新しく、輝いて見えたことだろう。

子規、漱石と日本最古の名湯

子規堂　正岡子規の菩提寺である正宗寺《しょうじゅうじ》の境内にある。子規の生家を模して建てられたという記念館には、生前愛用の勉強机や遺墨などが多数展示されていて、俳人・子規を身近に感じることができる。俳句に興味のある方は、山頭火が晩年すごした「一草庵」ものぞいてみたい。

子規記念博物館　子規の作品、生涯、時代を詳しく紹介。交遊のあった文学者の膨大な資料もあり、人間子規の大きさがわかる。

明教館　かつての松山藩の藩校である。昭和十二年（一九三七）、かつての講堂として使用されていた建物を現在地の松山東高校構内に移築した。当時の松山藩は教育熱心で、藩士の師弟はすべて入校、勉学に励んだ。秋山真之の兄、秋山好古もこの学校で学んでいる。

道後温泉本館　三千年の歴史を誇る日本最古の名湯。明治二十七年（一八九四）に建てられた現在の建物は国の重要文化財。漱石の『坊っちゃん』をはじめ宮崎駿監督の『千と千尋の神隠し』など多くの作品のモデルにもなっている。

石手寺《いしてじ》　市内には、四国八十八所観音霊場のうち八つの札所があるが、ここは第五十一番札所。神亀五年（七二八）創建の古刹で、本堂、三重塔など国宝や重要文化財がある。

坂の上の雲ミュージアム　松山の町全体をフィールドミュージアムとする構想の一角を担う施設として創設。展示では、『坂の上の雲』に登場する正岡子規、秋山好古、真之兄弟の生涯を中心に、小説に描かれた明治という時代を年表で紹介している。

宇和島城と『街道をゆく』

南伊予・西土佐の道

『街道をゆく』
朝日文庫

紀行・第14巻「南伊予・西土佐の道」では四国へ向かう。やきものの町・砥部や小京都・大洲、宇和島、松丸街道を経て、旅は土佐中村へと至る。

宇和島の北郊に入って、五分後に城山――天守閣の山――の麓に達した。

城山に密接して旧城内といった一郭に蔦屋という宿がある。かつて私がとまったときは古風な日本建築で、いかにも宇和島でもっとも古い宿の一つといった感じだったが、こんどここに予約し、玄関にタクシーをつけてみると、白い洋館になっており、内部の形式もすべて純然たるホテルになっている。

〈中略〉

部屋に入って窓を見ると、城山の樹々の茂みが窓ガラスを撫でるほどの近さでせまっていた。

宇和島城は築城の名人とされた藤堂高虎の設計《なわばり》によって近世的な城郭になり、のち伊達家が入って大いに改修された。

いまは、三層のうつくしい天守閣とそれをのせているこの城山がのこっているだけで、他はすべて市街地になり、堀の内側（城内）にあった何軒かの家老屋敷のあとも、国道か、町地《まちち》になり、堀などもすべて埋められている。

このため、本来郭内にある土地に蔦屋も建っているのである。

〈中略〉

宇和島には市街のはしばしに江戸時代の城下町のにおいがのこっているが、奇妙なことに城山のまわりほどちがう。天守閣と城山だけが凝然と青い空をささえていて、その孤独さは悲痛なほどである。

この山は、太古には島であったであろう。

宇和海がずっと奥へ入りこんでいて、いまの市街地は満潮には水を冠《かぶ》り、潮がひくと砂地になる潟《かた》のようなものであったにちがいない。ひろびろとした潟にこんにちの城山だけが島として浮かんでいた原風景は、宇和島の周辺のどの高地（たとえば武家屋敷が多く残る大超寺奥《だいちょうじおく》のさらに奥）から市街を展望しても、簡単に想像することができる。

明治の廃藩置県のあと、他の地方の多くの巨城がそうなったように、宇和島城も兵部省の管轄になった。

明治二十二年、旧藩主伊達家が城郭保存のために払下げしてもらった。しかし個人の手で維持できるはずがなく、構造物はつぎつぎに取りはらわれ、最後にのこった追手門（町のひとびとは、オタモンとよんでいた）も敗戦の年の空襲で焼失した。

宇和島は空襲による被害が大きく、とくに城のまわりはそうであったらしい。

『街道をゆく』南伊予・西土佐の道 より

【宇和島城データ】
①板島丸串城、鶴島城　②平山城　③藤堂高虎　④慶長6年(1601)。現在の天守閣は寛文年間(1661～73)、伊達宗利の再建　⑤天守閣3層3階(国の重要文化財)、上立門など(国指定史跡)　⑥愛媛県宇和島市丸之内　⑦宇和島城　☎0895-22-2832　⑧不等辺五角形の縄張りは、敵を欺き四角形の城と誤認させ、残る一角からの反撃を想定したものという。

●問い合わせ
宇和島市役所商工観光課　☎0895-24-1111
●城へのアクセス
JR予讃線宇和島駅より徒歩10分

築城名人の不等辺五角形とは

「天守閣と城山だけが凝然と青い空をささえていて、その孤独さは悲痛なほどである」と、司馬遼太郎は宇和島城をいう。

入り組んだ海岸線と多島海。宇和島は風光明媚《めいび》な、明るく穏やかな土地柄。訪ねる気分も心なしか浮き立つ。宇和島の市街地の中央にある海抜八十メートルの城山山上、南伊予の明るい青空をバックに城下町を見下ろして天守閣がそびえている、と思っていたが……宇和島城の天守閣は、意外と目立たない。城の間近までゆかないとその存在が確認できないのだ。

この城を築いたのは、築城名人としてその名を知られる藤堂高虎だが、名人が手がけた城にしては、三層三階の天守閣は小ぶりで少し地味すぎる印象だ。

調べてみて納得した。確かに、文禄四年(一五九五)、高虎は宇和郡七万石の領主となってこの城を築いている。しかし、天守閣は、後に宇和島城主となった伊達氏、二代藩主宗利が、寛文十一年(一六七一)に建て直したものだという。

天守閣は小ぶりだが、さすがに築城名人が縄張りした城である。外郭の半分は海に面

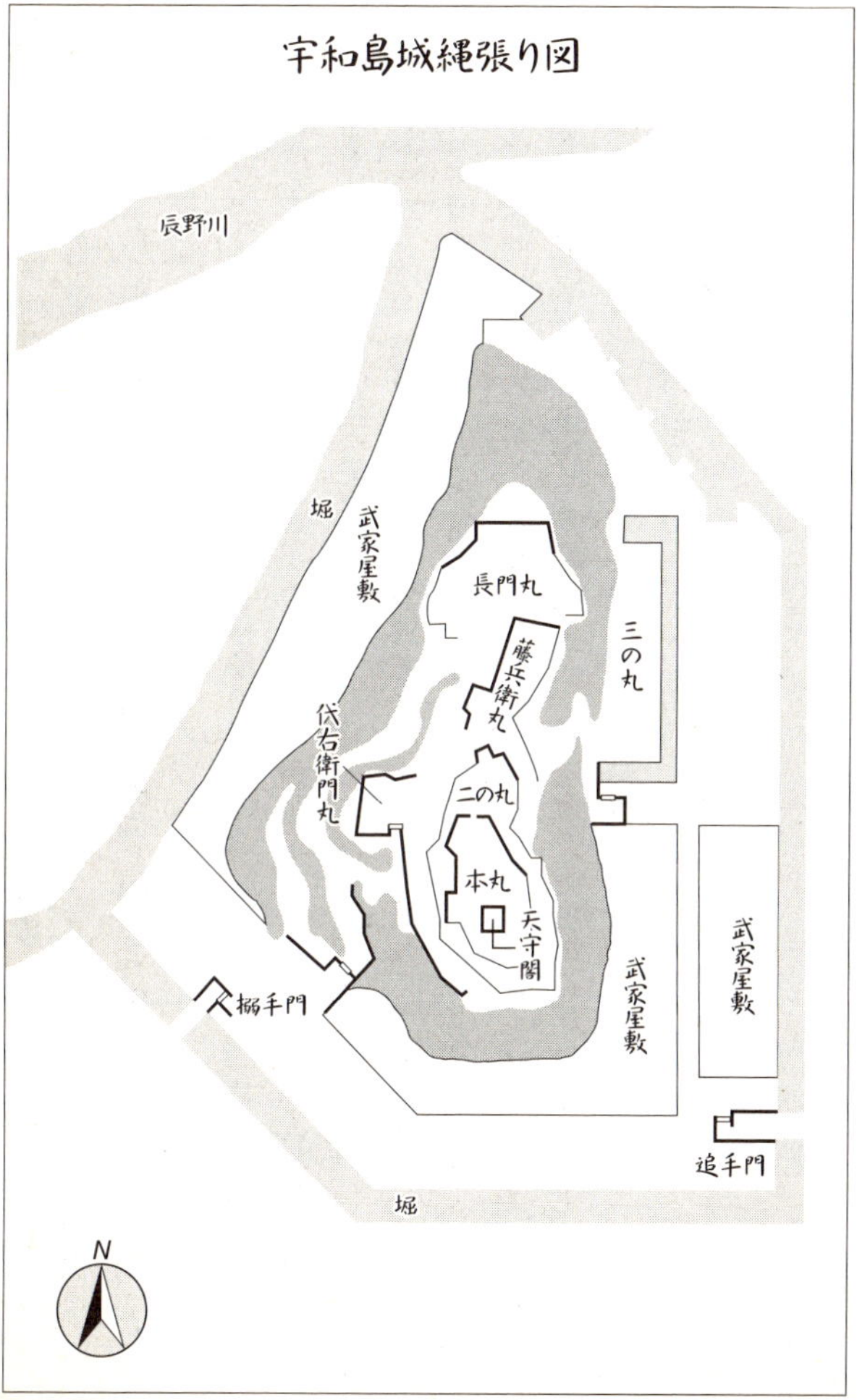
宇和島城縄張り図
辰野川
堀
武家屋敷
長門丸
藤兵衛丸
三の丸
代右衛門丸
二の丸
本丸
天守閣
搦手門
武家屋敷
武家屋敷
追手門
堀
N

し、小山ながら陸地部分は急勾配で、いかにも攻めるに難《かた》く、守るに易い印象である。山上の天守閣に至るまで七つの門を通らねばならなかったというから、規模も相当のものだった。現在は山上の本丸だけが残る。堅固に組まれた石垣を横目に見ながら、急な石段を上って本丸をめざす。

藤堂高虎が今治《いまばり》へ転封された後、宇和島の領主となったのは富田信高。まもなく改易となり、しばらくは幕府直轄領に。そして、元和元年（一六一五）に入封したのが東北の雄、伊達政宗の子・秀宗《ひでむね》である。

伊達家といえば、政宗をはじめ「伊達者」の異名で知られる、おしゃれに熱心な家風である。その趣味は、なかなか渋めでセンスのよさを感じさせたという。この天守閣、本丸に上って間近に眺めると、白壁の総塗りが上品な風情を醸し出す。また、上層の屋根は唐破風《からはふ》、その下の屋根は千鳥唐破風と、異なった意匠の屋根を並べるといった凝った造りである。地味で小ぶりながら美しい。趣味のよさを感じさせるあたり、さすがは「伊達者の城」というべきか。

恵まれた観光スポットで遊ぶ

天赦園　七代目宇和島藩主・伊達宗紀が造った池泉回遊式庭園。江戸時代の代表的大名庭園で、伊達家の紋と由緒にちなみ竹と藤が集められている。初夏は華やぐ。藤とともに、六月上旬には美しい花菖蒲も観賞できる。

伊達博物館　宇和島市の市制五十周年を記念して昭和四十九年につくられた。館内には歴代藩主ゆかりの武具、甲冑、生活用具、書画、調度品など四万点を所蔵・展示している。

西江寺《せいごうじ》　貞治四年（一三六五）に開山の古刹。寛永二年（一六二五）、初代宇和島藩主・伊達秀宗によって現在地に移された。江戸初期の枯山水式庭園や二重塔など文化遺産が多い。

宇和津彦《うわつひこ》神社　延暦十一年（七九二）の創建と伝わる、宇和島随一の古社。伊達氏歴代藩主に尊崇された。秋まつりが有名で、神輿を先導する牛鬼（巨大な鬼面牛姿のつくりもの）は、一見の価値がある。

闘牛　宇和島名物の闘牛は、鎌倉時代に始まるという。強い牛をつくるため、農民たちが野原で、それぞれの牛の「角突き合わせ」をさせたのがその起源とか。戦前は周辺の村々で盛んに行われたが、現在は市営闘牛場で開催される年五回の闘牛大会のみである。

九州・沖縄篇

中津城と『街道をゆく』

大徳寺散歩、中津・宇佐のみち

『街道をゆく』
朝日文庫

紀行・第34巻「大徳寺散歩、中津・宇佐のみち」は、京都と大分の二つの旅。大分では、八幡神社の源・宇佐八幡や福沢諭吉の足跡などを訪れる。

城へむかう。


中津城は黒田如水が設計《なわばり》したことは、すでにのべた。ただし、豪華にしようとは思わなかった。

如水は、秀吉に天下取りをさせた男といっていい。そのわりには、もらったものはわずかにすぎなかったが、それをうれしがって豪勢な城をきずくような男ではなかったろう。

如水は金銀に淡泊だった。が、金銀は溜めた。

溜めた、というのは、自分の生涯に乾坤一擲《けんこんいってき》の大勝負の機会があることを信じたからにちがいなく、そういう大望をもつ男が、大城を築いて金銀を減らすはずもなかった。

ところが、国人・地侍がさわいでから、にわかに築城をいそぐ必要を感じた。このため、そのあたりの小城を攻めつぶしては用材をここへ運んだわけで、小気味いいほどに吝嗇《りんしょく》な築城経済だったといっていい。

要するに如水は天守閣などはつくらなかったろう、ということを言いたいために、右のことをのべた。天守閣は攻防のためよりも、威権を見せるためのものなのである。

黒田時代に天守閣はあったか、ということは、江戸時代から論議されていた。なかった、という説が多い。筑前福岡の黒田藩の儒者貝原益軒《かいばらえきけん》は、元禄七年（一六九四）四月一日に福岡を発ち、豊前《ぶぜん》・豊後《ぶんご》といういまの大分県を旅行して、『豊国紀行《ほうこくきこう》』という旅行記を書いた。そのなかに、中津城につき、

「城は、町の北、海辺に在《あり》て、天守なし」

と、書いている。

〈中略〉

そのあと、三十二年間（一六〇〇〜三二）の細川時代がはじまる。関ケ原の功によって忠興が丹後宮津から移ってきて、豊前と豊後二郡三十九万九千石という大封をもらったのである。忠興は豊前に小倉城を築き、一方においては中津城を増改築した。忠興も天守閣をつくらなかった。

〈中略〉

結局、小倉に子の忠利《ただとし》を居らせ、中津は自分の隠居城にした。隠居城にまで天守閣をあげるのは、幕府に憚《はばか》りがあった。

それに、すでにふれたように中津城の敷地がせますぎるために、防衛は白壁の塀と多くの櫓《やぐら》だけで十分で、そこに天守閣まであげると、かえって醜悪になってしまう。

織豊時代きっての造形感覚のもちぬしだった忠興が、美をすてて醜をえらぶはずもなかった。

『街道をゆく』大徳寺散歩、中津・宇佐のみち より

【中津城データ】
①丸山城、扇《せん》城、小犬丸城・大家《おおえ》城　②平城(水城)　③黒田如水　④天正16年(1588)。現在の天守閣は昭和39年の建築　⑤堀、石垣(市指定史跡)　⑥大分県中津市二ノ丁　⑦中津城 ☎ 0979-22-3651　⑧もともと天守閣はなかったが、本丸南東隅櫓があった場所に萩城を模したといわれる天守が建つ。これは最後の藩主、奥平氏の子孫の手によるもの。

●問い合わせ
中津市役所観光商業課　☎ 0979-22-1111

●城へのアクセス
JR日豊本線中津駅より徒歩20分

天守よりしっかりした石垣を

司馬遼太郎はこの地を訪れ、天守閣の存在に驚く。「かすかながら興ざめた」と、歴史をないがしろにする姿勢を憂いている。

中津城は、築城名人として知られる黒田如水（官兵衛）が造った名城だ。そして、豊後中津藩十二万石の中心でもある。幕末、その城下では、先進・進取の英才・福沢諭吉が生まれた。

中津城を間近に望む山国川の河畔に立てば、そこは川幅の広がる河口、磯の香が漂ってくるほどに海が近い。秀吉の名参謀、また築城名人としても知られる如水が、豊前十二万石を与えられ、この地に中津城を築城したのが天正十六年（一五八八）のこと。縄張りしたのが河口の扇状の地形だったことから、「扇城」の別名もある。水に浮かぶようにそびえる美しい城塞は、高松城や今治城とともに日本三大水城のひとつにも数えられる。

城内に入るとまず目につくのが、五階建て黒板張りの天守閣。どっしりと豪壮な雰囲気を漂わせているが、この存在がいろいろと物議を醸すことになる。

中津城の天守閣は戦後になってからの再建である。しかし、天守閣など最初から存在しなかったという意見も多い。そうすると「再建」ではなく、「新築」ということになる。司馬遼太郎も貝原益軒の『豊国紀行』にあった記述から、天守閣の存在を否定した。

この城を築いた黒田如水は現実的な戦略家である。見てくれだけの天守閣造りに金をかけるよりも、来るべき戦いに備えた倹約・蓄財に重きをおいたようだ。とはいえ、如水が築城に手を抜いたわけではない。城には、その証拠が残る。近くの石垣に目をやれば、如水が築いた石垣と、その後に城主となった細川氏が築いたものが並んでいる。見比べてみれば一目瞭然。如水時代の石垣のほうが確実に、正確に堅固に積まれている。

「けちなわけじゃない。金をかけるべきところには、しっかりかけている」

さすがに戦国きっての実利主義者にして名築城家の如水である。

「まだ、時代はひと波乱ある」

如水はそう考えて、いや、それを期待して、壮麗な天守閣よりしっかりした石垣造りに重きをおいたのだろう。

英才・福沢諭吉を育んだ城下町

福沢諭吉旧居・銅像　明治時代の思想家で、慶應義塾大学の創設者でもある福沢諭吉は、中津藩士の子として、天保五年（一八三五）、大坂にあった藩の蔵屋敷で生まれている。翌年帰藩し、以後、十九歳までここで暮らした。旧居として母屋・土蔵が残るほか、隣接して記念館が建ち、『学問のすゝめ』の原本など資料や遺品を展示している。また、敷地内には諭吉の銅像もある。

金谷《かなや》の堤　江戸時代初期、中津の新城主となった細川氏は、城下町の再開発を行う。そのときに築かれたのが金谷の堤。この完成で山国川の氾濫はおさまった。

合元寺《ごうがんじ》（赤壁寺）　天正十五年（一五八七）、黒田如水が創建。壁が赤いことから「赤壁寺」の別名がある。如水の謀略によって武将・宇都宮鎮房《しげふさ》が討たれた際、合元寺に詰めていた鎮房の家臣も無念の死を遂げた。彼らの血が白壁に飛び、何度塗り替えても血の跡が浮き出してくるため赤壁にした、という逸話によるもの。庫裏《くり》の柱には刀傷が今なお残り、戦いの激しさを物語る。

自性寺《じしょうじ》大雅堂　自性寺は藩主・奥平家の菩提寺。宝暦十四年（一七六四）、文人画家の池大雅《いけのたいが》が当寺に滞在したことが縁で、書院を大雅堂と呼ぶようになった。大雅の書画を保存・展示する。

島原城と『街道をゆく』

島原・天草の諸道

『**街道をゆく**』
朝日文庫

紀行・第17巻「島原・天草の諸道」では、島原の乱の最初の舞台・島原城、追い詰められた一揆軍が籠った原城など圧政による悲劇の跡を追う。

重政が築いた島原城（高来《たかき》城・森岳《もりだけ》城）というのは、それまでの城郭からみて、特異な点がいくつかある。

資格としては最小の城持大名でありながら、郭内は広く、櫓の数が三十三もある。

敷地はぜんたいに長方形で、その一方に片寄せて本丸の石塁をたかだかと積みあげている。本丸は要塞でいえば複郭陣地（最終防御陣地）にあたるが、ふつう二ノ丸をおとされて寄手《よせて》が充満するとじつに弱い。

重政はそのことを考慮したのか、二ノ丸の郭と本丸の郭とを隔てる堀に、廊下橋を一筋かけている。本丸へ入る道路はこれだけで、いざというときにはこの廊下橋を落として本丸のみに籠れるようになっており、そういうことでいえば、この城は本丸、二ノ丸、三ノ丸がたがいに連繋して全体の防御力をつよくしているというより、本丸は二ノ丸という敵に対して構造されているといっていい。この点、この設計者は存外弱気で恐怖心がつよいとも思えなくはない。

本丸の最高石塁の上に、五層の天守閣がのっかっている。

五層とは、分不相応の大きさであり、おそらく本丸に籠るという最終段階になったとき、一層ごとに兵を籠め、窓から銃を出して、眼下の二ノ丸の敵を射つための五層ではあるまいか。

天守閣は本来、眺望と威容を誇示するためにあるもので、この建造物が直接の防衛力にはなりにくい。いくら高々としていてもここに銃を置いて遠くの敵を射つというほどには、当時の銃は射程をもっていなかった。せいぜい有効射程が、二、三百メートルである。ところが、眼下の二ノ丸の敵なら射ちおろせる。逆に二ノ丸の敵からは、天守閣の窓を有効には射ちあげられない。

この天守閣は五層ながら、中国によくある塔（西安の大雁塔や小雁塔など）のようなかたちをしている。つまり、破風《はふ》がない。

どの天守閣も、その造形を美しくしている重要な要素は破風であるといっていい。五層の屋根が、単に、三々九度の杯を五枚かさねたような形では、無愛想で単調で、間《ま》がぬけている。間を入れて全体の調子をやぶり、かたちを複雑にしたのが天守閣における破風の役割で、力学上必要なものではなく、あくまでも飾りなのである。

重政がそれを用いず、三々九度の杯をかさねた式にしたのは、天守閣の窓からすでに郭内に入っている敵を射ちおろすことをのみ想定してのことであったろう。破風があってはそれが邪魔をして射てない角度が出来てしまうのである。

『街道をゆく』島原・天草の諸道 より

【島原城データ】

①森岳《もりだけ》城、高来《たかき》城　②平城　③松倉重政　④寛永２年(1625)。現在の天守は昭和39年の再建　⑤石垣、堀、郭(市指定史跡)　⑥長崎県島原市城内　⑦島原城天守閣事務所　☎0957-62-4766　⑧毎年12月には天守閣が5000個の電飾で、周辺の堀端の桜並木は1万2000個の電飾でライトアップされる。さながら巨大クリスマスツリーといった天守閣には賛否両論あるものの地元の風物詩となっている。

●問い合わせ
島原市役所商工観光課　☎0957-63-1111
●城へのアクセス
島原鉄道島原駅より徒歩８分

築城のための酷役が大乱へ

司馬遼太郎は『街道をゆく』の取材でこの城を訪れ、その構造をつぶさに分析、城の性格を推論している。

五層五階の壮麗な天守閣は、その建設が「島原の乱」の原因にもなったという血塗られた歴史も秘めている。

島原藩四万石の大名となった松倉重政が、元和四年(一六一八)から七年の歳月をかけて築いたのが島原城である。使役に費やした人数、延べ百万という途方もない大工事だった。

五層五階の威風堂々とした唐造りの天守閣、高く積まれた石垣が連なる広大な郭。最大で、櫓の数は三十三を数えたという。

四万石程度の大名としては、あまりに大きく立派すぎる城である。さらに、防御力を重視した実戦的な面があり、そこには、キリシタンとの戦いが想定されていたのではないかと、司馬遼太郎は築城の理由に想像をめぐらしている。

実際に、重政がキリシタンとの戦いをどこまで意識したのかはわからない。しかし、実入りの少ない支配者が経済的に不釣り合いな大城郭を築いては、領民にそのしわ寄せがくるのは必然、自明の理である。

寛永十四年（一六三七）に起こった島原の乱は、キリシタンの宗教戦争というよりも、困窮した百姓たちの一揆という一面が強い。島原城築城のために、藩は苛酷な労役を強い、過剰な年貢の負担を課し、領民をとことん苦しめた。その鬱積《うっせき》した民衆の怒りの爆発が、乱勃発に至る一因となっている。

天草四郎に率いられた一揆軍は島原城にも押し寄せたが、実戦を意識して工夫され、強固に堅固に築かれた城は簡単には落ちない。

この戦いで島原城の堅城ぶりは実証された。しかし、この城がもつ、不正義と理不尽がきわだつ悪しき歴史ゆえに、この城が後世に「名城」と呼ばれることはなかった。

二代にわたる暴君、城主の松倉勝家は、乱の終結後に悪政をとがめられ、領地没収の後、見せしめとして打ち首になる。しかし、城は、その後も島原藩主の居城として、明治七年（一八七四）の廃城、民間払い下げにいたるまで、そこにあり続けた。

火山と生きる歴史と湧水の町

観光復興記念館　雲仙普賢《ふげん》岳の噴火活動の経過を解説・告知する。活火山とともにある島原の歴史・文化を紹介。島原城内にある。

西望記念館　長崎市平和公園の「平和祈念像」で知られる島原生まれの彫刻家・北村西望の作品を展示。作品数は約六十点。島原城内・巽の櫓。

武家屋敷跡　島原城築城時にできた武家屋敷の町並みは、その後、転封してきた四氏の藩主の家臣にも使用され、幕末まで健在であった。現在も、土塀の屋敷が並ぶ風情のある道の中央には、かつての生活用水だった清らかな湧水の流れる水路が残っている。また、三つの屋敷が内部を公開していて、当時の武士たちの暮らしぶりにふれることができる。

本光寺と本光寺資料館　享禄元年（一五二八）開基の禅刹。松倉氏に代わって島原に転封してきた松平家の菩提寺となり、境内には歴代藩主の墓所がある。また、島原城内から移築された常盤御殿は常盤歴史資料館として公開され、貴重な文献や資料が展示してある。

旧島原藩薬園跡　幕末に造られた藩経営の薬草園跡。オランダ人医師・シーボルトに師事したという藩主・松平忠誠《ただなり》の医療に対する意識の高さがしのばれる。国指定の史跡。

原城と『街道をゆく』

島原・天草の諸道

『街道をゆく』
朝日文庫

紀行・第17巻「島原・天草の諸道」では、島原の乱の最初の舞台・島原城、追い詰められた一揆軍が籠った原城など圧政による悲劇の跡を追う。

かれらがかついだ天草四郎時貞は、司祭でも助祭でもなかった。

つまりは、この集団は教会とはなんの関係もなく、またこの集団がその行動と生死をいかにカトリック的に儀礼付け、また教理付けようとも、ローマの公教会が責任を負うべきことではないのである。

カトリック世界から孤立しているという意味においても、島原ノ乱の一揆方は、悲愴な存在であった。

くりかえしいうようだが、かれらの死はローマに報告されることなく、むろんのちのち日本側の史料によって事件は知られるようになったが、正規に殉教として認定されることはなかった。すでにのべたように、切支丹はその盛んなときも、時の権力者に抵抗したことはなかった。もし島原ノ乱の一揆方の死を公教会が殉教であるとすれば、地上の君主への抵抗を追認することになり、ぐあいのわるいことになる。

むろん、この乱の本質は、領主に追いつめられた農民の絶望的な反乱であり、そのことは同時代の多くの史料が物語っており、切支丹の教義上から出た一揆であるとは隣接諸藩もいっさい見ていなかった。

――いったん転じた切支丹が、本卦《ほんけ》返りしたのだ。

という意味の見方を吹聴したのは、加害者である松倉氏だけである。幕府は事変の本質をよく知り、かつ事変後、松倉氏の失政を責めて当主勝家を斬首していながら、世間に対しては事変を切支丹的な現象として流布させた。そのほうが、禁教の国策を遂行する上で都合がよかったのである。

リソサムニュームという紅藻類が、なぜ死ねば骨のように白い石灰質の石になるのか、学問的にもよくわかっていないらしいが、この世界的に珍奇な水生植物について考えるとき、べつに接点はないにせよ、十字架の旗のもとで死んだ原城の三万の霊とつい気分としてかさなってしまう。

かれらは、徳川政治史上、最大の極悪人で、その時代、たれにも弔われることがなかった。他の農民一揆の場合、その犠牲者はかならずその村でひそかに弔われたものであったが、原城のひとびとはそうではなかった。

石になった海の草の残骸は、対岸の天草の鬼池《おにのいけ》港付近の浜にも白い真砂として打ちよせられるという。原城の死者が、生者に弔われることなく、死者自身が弔わざるをえなかったということと、どこか白い石は詩的に似通っているのだろうか。

ともかくも原城の本丸趾から見る自然は海も山も天へ吹きぬけるように明るい。歴史の陰鬱さとおよそ裏腹な景色なのだが、あるいはこの城で死んだ霊たちが、自己の信仰を完結させて余蘊《ようん》をとどめていないということの証拠なのかもしれない。

『街道をゆく』島原・天草の諸道 より

【原城データ】
①志《し》自《じ》岐《き》原《ばる》の城、原の城、有馬城、日《ひ》暮《ぐらし》城、春城　②平山城　③有馬貴純　④明応５年（1496）　⑤本丸、二ノ丸、三ノ丸、天草丸、石垣、空堀など（国指定史跡）　⑥長崎県南島原市南有馬町　⑦南島原市教育委員会　☎ 050-3381-5083　⑧有明の高台にそびえた天守閣。その海面に映る姿のあまりの美しさに、沖合いを進む船も漕ぐ手を止め、しばしたたずんでいたという。

●問い合わせ
南島原市商工観光課　☎ 050-3381-5032
●城へのアクセス
島原鉄道原城駅より徒歩 15 分

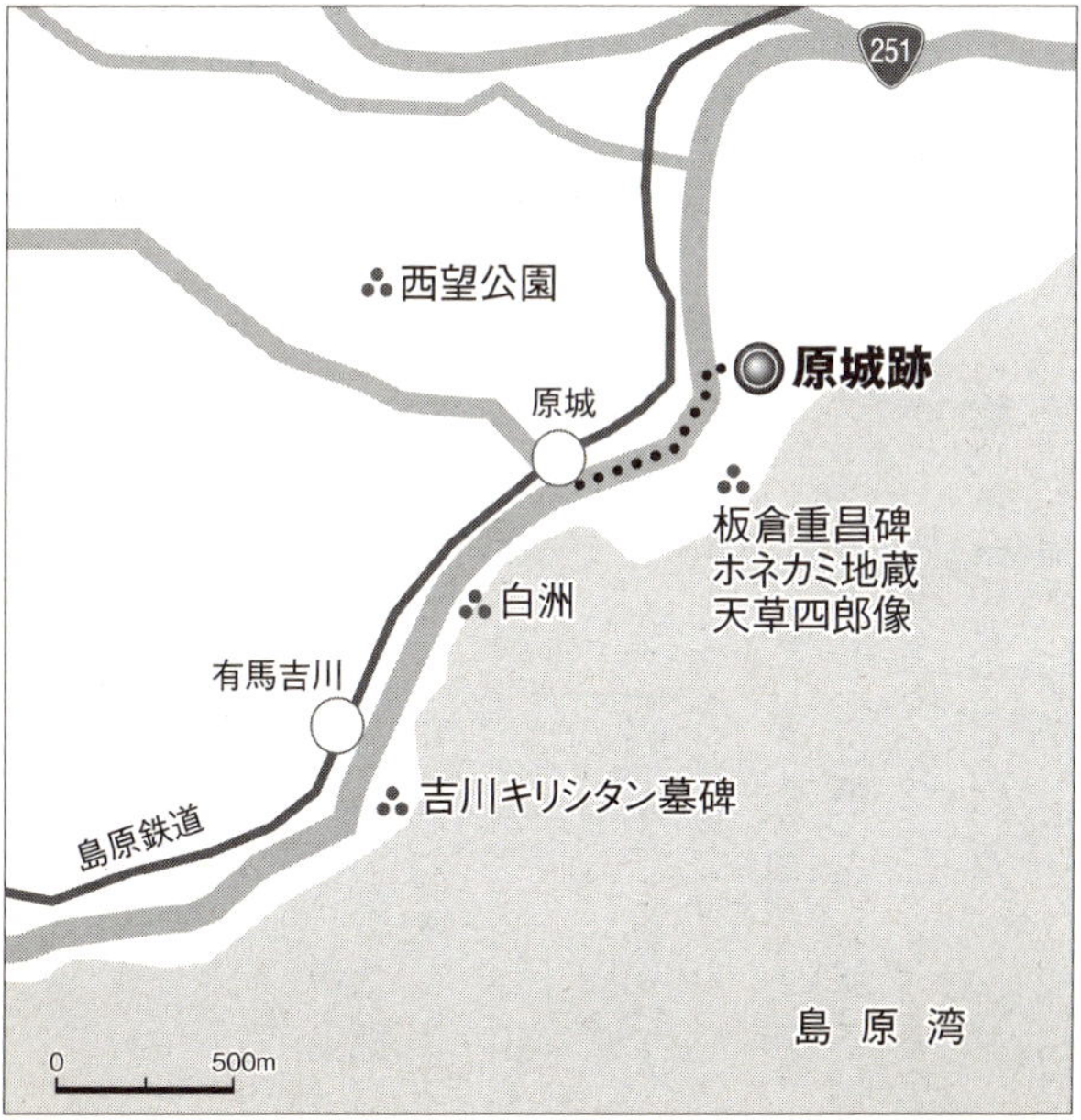

三万七千人の血が流された

「原城の本丸趾から見る自然は海も山も天へ吹きぬけるように明るい」。悲劇の地で司馬遼太郎は三万の死に思いを馳せた。

悪政によって島原の乱を引き起こした島原領主・松倉重政に対しては、司馬遼太郎の筆も「日本史のなかで、松倉重政という人物ほど忌むべき存在はすくない」と辛辣《しんらつ》である。当時の領民たちにとっても、やはり、重政は最悪の領主だったろう。それだけに、旧領主であった有馬氏を懐かしむ思いは強かったはず。

有馬氏は古くからこの地に根を張っていた豪族。土地の人々との結びつきも強かった。勢いが最も盛んだった戦国時代初期には肥前国東部を支配するほどの力をもつ。

明応五年（一四九六）、有馬貴純が築いた原城は、その日の出の勢いを象徴するかのように壮大なものだった。縄張りは周囲四キロにも及ぶ。当時としては最大級の城郭だ。規模の大きさのみならず、守りの堅固なことも確かで、本丸、二ノ丸、三ノ丸、天草丸からなる郭群は、三方を有明海に守られており、難攻不落の要害であった。

その後、竜造寺氏に押されて凋落した有馬氏が、範囲を縮小しながらもなんとか島原半島南部の勢力圏を維持することができたのは、この堅城があったればこそといえよう。

しかし、時は移ろい、江戸時代になると有馬氏は転封されて、代わって元和二年（一六一六）に松倉重政が入封する。重政は新たに島原城を築城。このとき、原城の石垣や構造物は取りはずされて島原城の建造に使われる。原城は、壊れた石垣だけが残る廃城となって放置された。

寛永十四年（一六三七）、乱は起こり、天草四郎時貞率いる一揆軍は島原城奪取に失敗。この廃城を急ごしらえで修復して立て籠る。約十二万の幕府軍を相手に三カ月の籠城戦に耐えた原城は、朽ち果てた廃城でありながらもその難攻不落ぶりを証明してみせた。が、兵糧攻めと幕府に協力したオランダ軍艦の砲撃により、翌十五年（一六三八）二月、ついに落城、一揆軍は壊滅する。城内に籠っていた約三万七千（二万七千とも）の老若男女は、内通者一人を除き、すべて虐殺された。

現在、原城跡は公園になっているが、遺構は草に埋もれて石垣がわずかに残るのみ。落城後、幕府によって徹底的に破壊されたためだ。広々と開けた公園に、かえって寂《せき》寥《りょう》感を覚える。

原城は、かつては「日暮城」の別名をもつ、夕景の美しい城だったとか。城跡から望む夕陽だけは、在りし日と変わらず今なお美しい。

海も山も抜けるように明るい

白洲　原城跡の沖合い。毎年旧暦の三月と八月に姿を現す、長さ八百メートル、幅百メートルの巨大な浅瀬。珊瑚礁によく似ているが、これは学名リソサムニュームと呼ばれる水中植物で、世界でもインド洋とイギリス海岸以外ではここでしか見られない珍しいもの。地元では「白洲の真砂」と呼ばれている。

浦田《うらだ》観音　有馬晴信の子が誕生したとき、生母の乳が出なかったことを心配した家臣が、観音菩薩の祠を造って祈願したのが発祥。乳出しと安産の守り本尊として信仰されている。

西望公園　長崎の平和祈念像の作者としても知られる彫刻家・北村西望はこの地の出身。原城跡から少し山間に入った場所には、彼の生誕を記念して造られた西望公園がある。園内では、平和祈念像のひな型となった実物の四分の一サイズの像などが見られるほか、生家を復元した西望記念館にも彫刻や書画などの作品が展示されている。

首里城と『街道をゆく』

沖縄・先島への道

『街道をゆく』
朝日文庫

紀行・第6巻「沖縄・先島への道」では、那覇、糸満、石垣島、竹富島、与那国島を訪ねる。古代からの歴史、戦争の爪痕、島の自然などを見る。

首里は、丘の上にある。

戦前、首里の旧王城がいかに美しかったかについては、私はまったく知らない。

沖縄の文化財の権威である山里永吉氏については、私はその著作物を通じてしか知らないが、その著『沖縄史の発掘』によると、氏が戦前、陶匠の黒田理《り》平庵《へいあん》に奈良の町を案内されているくだりがある。そのとき、氏が、「やはり首里がよいな」というと、理平庵は、「首里は別格ですよ」といった、という。氏によれば、「もし首里の街が戦前のままそっくり残っていたら、沖縄は京都、奈良、日光と肩をならべる」観光地になっていたろうと言われる。

いまは、想像するしかない。最初にきたころ、サンゴ石灰岩の丘の道をのぼりつつ、想像のなかで復元しようとした。想像のよりどころは、読んだり聞いたりした材料である。

私の想像の中の首里は、石垣と石畳の町で、それを、一つの樹で森のような茂みをなす巨樹のむれが、空からおおっている。どの屋敷（御殿《おどん》、殿内《とのち》）も、屋内まで石畳でかためている。赤い瓦を白い漆喰《しっくい》でとめた屋根の美しさは、森と、苔むした石垣や石畳を配しなければ生きて来ないものだが、そういう大小の屋根のむれは、木の下の坂道をのぼってゆくにつれて、あちこちに見られる。守礼の門、首里の神霊の鎮まる園比屋武御岳《そのひやむうたけ》、観会門、漏刻門といった城門、さらには竜宮城をおもわせる百浦添御殿、庭園としては識名園《しきなえん》、円覚寺の庭など、たしかに都市美としては奈良をしのぐほどのものがあったであろう。

それらは、いまはない。戦禍による。沖縄戦において、日本軍は首里を複廓陣地としたため、ここで凄惨な最終決戦がおこなわれ、このため、兵も石垣も樹も建造物もこなごなに砕かれた。この戦いでは住民のほとんどが家をうしない約十五万人が死んだ。沖縄について物を考えるとき、つねにこのことに至ると、自分が生きていることが罪であるような物憂さが襲ってきて、頭のなかが白っぽくなってしまい、つねにそうだが、今もどうにもならない。

ともかくも、私は戦前の首里の旧王府の美しさを知ることなく、沖縄に何度かきた。

こんどの旅でも、首里の旧王府への坂を登ることを楽しみにしていた。坂を登りすすむにつれて展けてゆく眺望のなかで、かつての琉球の美を想像する楽しみは代えがたいものだが、しかしこの思惑はあてがはずれてしまった。坂は、車のラッシュの名所になっていて、うしろから車に追われ、前から排気ガスを吐きかけられて、しかも車の行列は一寸きざみなのである。首里の坂は、徘徊《ていかい》趣味にすら適しなくなっていた。

『街道をゆく』沖縄・先島への道 より

【首里城データ】
①中山グスク　②丘城　③察度王か　④14世紀末頃か。現在の正殿は平成4年の復元　⑤城壁の一部など（城跡一帯は世界遺産）⑥沖縄県那覇市首里金城町　⑦首里城公園　☎098-886-2020
⑧琉球王朝のシンボルである、首里城。南殿は薩摩藩との謁見時の配慮から白木を用いた日本風、北殿は明への配慮から朱塗りの中国風の造りとなっている。

●問い合わせ
那覇市役所観光課　☎098-867-0111
●城へのアクセス
那覇空港よりゆいレール「首里駅」下車、徒歩15分

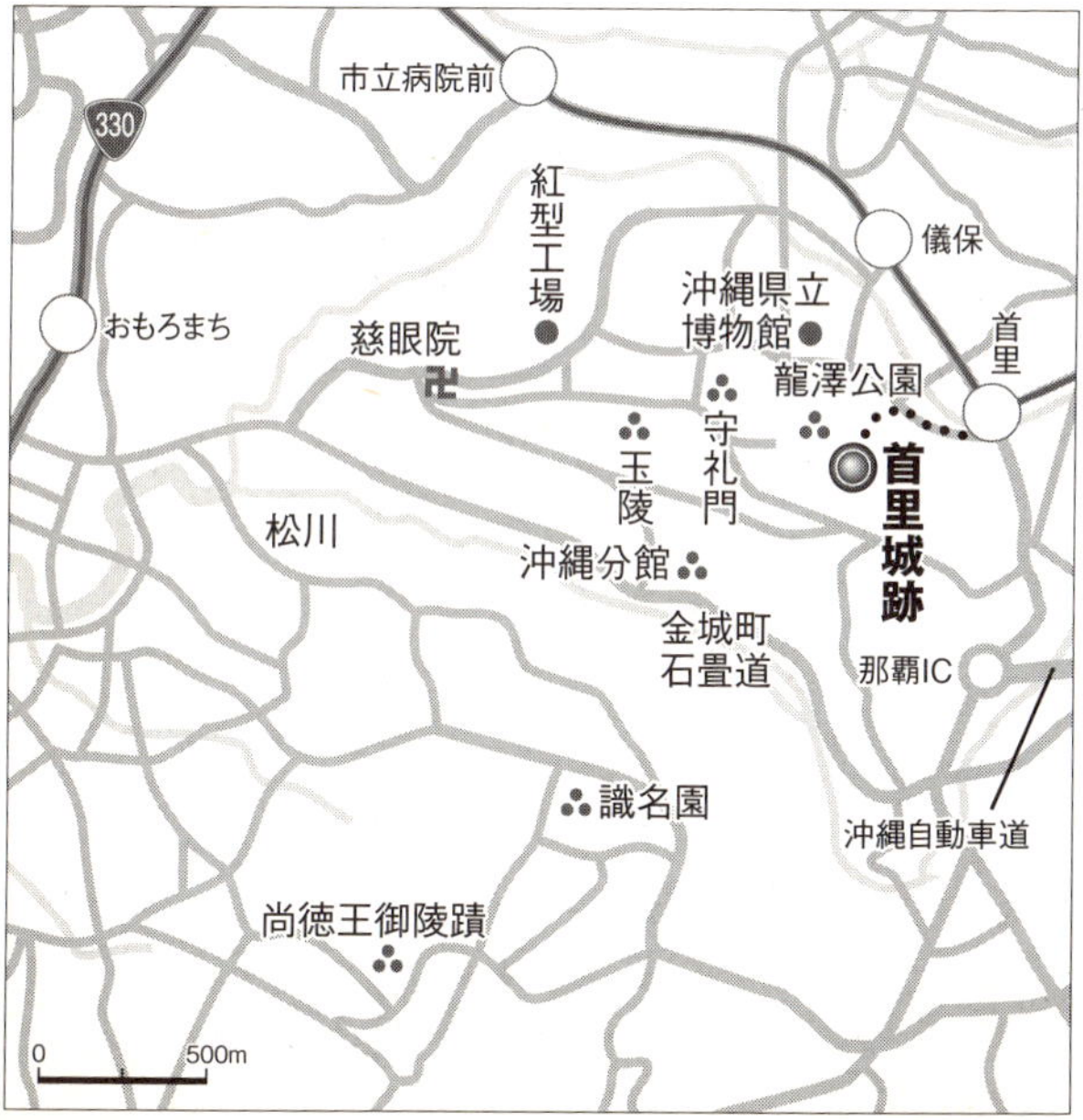

沖縄戦でことごとく破壊されて

司馬遼太郎が『街道をゆく』の取材で首里を訪れたのは昭和四十九年のこと、当時とは様相が一変している。

十七世紀の初めまで、沖縄は独立国家であった。そのかつての海洋王国・琉球の首府があったのが、那覇市郊外の丘陵地帯の首里の地である。

北山・中山・南山の三国が統一され、琉球王朝が成立したのは西暦一四二九年。その範囲は、八重山諸島から奄美諸島にまで及ぶ広大なものだった。海上交易により国は栄え、交易船が日本や中国、東南アジアを盛んに往来する。明治になって那覇に県庁が移るまで、首里の町は政治、経済の要であり、その中心には首里城があった。

城は、琉球の言葉で「グスク」と呼ばれる。琉球の築城法は日本のそれとはまったく異なり、中国に近い。「城」とは城郭ではなく、町全体を示す。城壁が首里の町全体を囲み、その中央に王宮を含む内郭があった。

だが、熾烈《しれつ》をきわめた太平洋戦争の沖縄戦で、国宝だった王宮の正殿をはじめほとんどの建造物は破壊されてしまった。さらに戦後、跡地に大学が建設されたため、わずかに残っていた城壁も撤去されてしまう。首里城は完全に姿を消した。

その後、一九八〇年代末から復元事業が行われ、平成四年には正殿や門など王宮の一部を復元、首里城公園として開園した。現在、世界遺産に登録されているそのみごとな造形美に、かつての琉球王国の栄華を垣間見ることができる。

首里城公園に入ってまず目に入るのが、守礼門《しゆれいもん》だ。朱塗りの柱に赤瓦、琉球独自の絢爛な様式の門は、昭和三十三年にいちはやく復元された、沖縄の戦後復興のシンボル的存在。門を入り坂を上っていくと、園比屋武御嶽石門《そのひやむうたきいしもん》、歓会門《かんかいもん》……と、日本本土とは違った建築スタイルの門や建造物がつぎつぎ現れる。やがて朱塗りの堂々たる城門が見えてくる。これが御庭へ至る最後の門、奉神門。この門をくぐると、復元された正殿が建つ。柱や壁はこれも鮮やかな朱色、正面の唐破風《からはふ》は極彩色で彩られており、中国の影響もありつつ、琉球独自の意匠、構造になっている。

琉球王朝は一六〇九年に薩摩藩に武力侵攻され、栄光の時に終わりを告げた。その後は王はおいたものの、実質的には薩摩藩の支配を受け、明治の廃藩置県で「沖縄県」となると、王族たちも追放されてしまう。やがて第二次世界大戦が勃発……朱色のきらびやかな王宮は、王朝の盛衰も、この地の人々の悲劇もずっと見つめてきたのだ。

高台の城から見下ろせば、明るい青色の海が、鮮烈な美しさで目に飛び込んでくる。

かつての王たちの目に映っていたのは、琉球の交易船であふれてにぎわう海であったろう。

琉球独立王国の栄華と滅亡

金城町石畳道　首里城から南西へ続く約三百メートルの道は、琉球王朝三代目・尚真《しょうしん》王（一四七七〜一五二六）の治世に整備された頃のまま残っている。琉球石灰岩の石畳が敷き詰められ、昔ながらの沖縄の路地の風情を味わえる。ＮＨＫの人気ドラマ「ちゅらさん」のロケ地としても有名だ。

識名園　一七九九年に造営された琉球王家の別邸で、王朝の迎賓館として、中国皇帝の使者を接待するのに使われた。

玉陵　一五〇一年、尚真王が父である尚円《しょうえん》の遺骨を移葬して築かせた王家の墓所。「霊《たま》御殿《うどうん》」とも呼ばれる。周囲は高い石垣で囲まれ、内部は三つの部屋に分かれている。中央の部屋には洗骨（遺体をしばらく安置して、埋葬前に洗浄すること）までの遺体を安置し、王や王妃は東側の部屋、その他の王族は西側の部屋に葬られたという。

「司馬遼太郎記念館」への招待

司馬遼太郎記念館は、司馬遼太郎自宅と隣接地に建てられた安藤忠雄氏設計の建物で構成されている。広さは、2300平方メートル。2001年11月に開館した。数々の作品が生まれた自宅の書斎、四季の変化を見せる雑木林風の自宅の庭、高さ11メートル、地下1階から地上2階までの三層吹き抜けの壁面に、資料本や自著本など2万余冊が収納されている大書架、……などから一人の作家の精神を感じ取っていただく構成になっている。展示中心の見る記念館というより、感じる記念館ということを意図した。この空間で、わずかでもいい、ゆとりの時間をもっていただき、来館者ご自身が思い思いにしばし考える時間をもっていただきたい、という願いを込めている。

【利用案内】

所在地　〒 577-0803
大阪府東大阪市下小阪 3 丁目 11 番 18 号

TEL　06-6726-3860

HP　http://www.shibazaidan.or.jp

開館時間　10:00 ～ 17:00（入館受付は 16:30 まで）

休館日　毎週月曜日（祝日・振替休日の場合は翌日が休館）
特別資料整理期間（9/1 ～ 10）
年末・年始（12/28 ～ 1/4）
※その他臨時に休館することがあります。

入館料　大人　（一般）500 円（団体）400 円
高・中学生（一般）300 円（団体）240 円
小学生　（一般）200 円（団体）160 円
※団体は 20 名以上
※障害者手帳を持参の方は無料

アクセス　近鉄奈良線「河内小阪駅」下車、徒歩 12 分。
「八戸ノ里駅」下車、徒歩 8 分。パーキング 5 台。
大型バスは近くに無料一時駐車場あり。
※但し事前にご連絡ください。

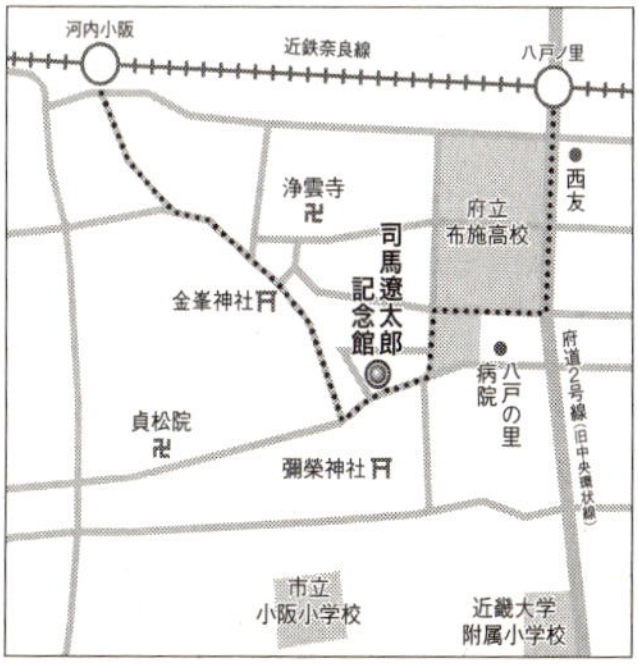

●ブックデザイン
佐藤晃一
中山千絵

●構成協力
メディアユニオン
田中康史

●写真および資料協力
司馬遼太郎記念館
函館市ブランド推進課
ドーエープラス
函館市立函館図書館
弘前市観光物産課
会津若松市観光課
川越市観光課
小田原市観光課
甲府市観光開発課
上田市観光課
長岡市秘書広報課
長岡市観光課
静岡県観光デジタルフォト
岡崎市観光協会
清須市産業課
旧墨俣町総務課（現大垣市）
岐阜市デジタルアーカイブ
旧丸岡町商工観光課（現坂井市）
長浜市観光振興課
彦根観光協会
摠見寺
大阪観光コンベンション協会
高取町農林商工グループ
三木市秘書課
洲本市情報政策課
岡山市教育委員会文化財課
高梁市商工観光課
安芸高田市吉田郷土資料館
藍住町建設産業課
松山観光コンベンション協会
宇和島市商工観光課
高知城管理事務所
中津市観光商業課
島原市商工観光課
旧南有馬町まちづくり対策課（現南島原市）
那覇市観光課
光文社写真資料室
伊ヶ崎光雄
宗形慧

●参考資料
『正保城絵図』国立公文書館
『日本城郭体系』新人物往来社
『日本百名城』朝日文庫

二〇〇六年一月　光文社刊

光文社文庫

司馬《しば》遼太郎《りようたろう》と城《しろ》を歩《ある》く

著　者　司《し》馬《ば》遼《りよう》太《た》郎《ろう》

2009年1月20日　初版1刷発行
2010年8月25日　2刷発行

発行者　駒井　稔
印　刷　萩原印刷
製　本　関川製本

発行所　株式会社 光文社
〒112-8011　東京都文京区音羽1-16-6
電話（03）5395-8149　編集部
8113　書籍販売部
8125　業務部

ISBN978-4-334-74537-0　Printed in Japan

組版　萩原印刷

お願い　光文社文庫をお読みになって、いかがでございましたか。「読後の感想」を編集部あてに、ぜひお送りください。

このほか光文社文庫では、どんな本をお読みになりましたか。これから、どういう本をご希望ですか。

どの本も、誤植がないようつとめていますが、もしお気づきの点がございましたら、お教えください。ご職業、ご年齢などもお書きそえいただければ幸いです。当社の規定により本来の目的以外に使用せず、大切に扱わせていただきます。

光文社文庫編集部

阿川弘之　海軍こぼれ話
阿川弘之　新編 南蛮阿房列車
阿川弘之　国を思うて何が悪い
浅田次郎　きんぴか　全三冊
浅田次郎　見知らぬ妻へ
浅田次郎　月下の恋人
浅田次郎選 日本ペンクラブ編　人恋しい雨の夜に
嵐山光三郎　釣って開いて干して食う。
安西水丸　夜の草を踏む
池澤夏樹　アマバルの自然誌
池澤夏樹 本橋成一（写真）　イラクの小さな橋を渡って
五木寛之　狼たちの伝説
五木寛之選 日本ペンクラブ編　こころの羅針盤《コンパス》
井上ひさし 生活者大学校 講師陣　あてになる国のつくり方
内海隆一郎　鰻《うなぎ》のたたき
内海隆一郎　鰻の寝床
内海隆一郎　風のかたみ
内海隆一郎　郷愁 サウダーデ
遠藤周作　私にとって神とは
遠藤周作　眠れぬ夜に読む本
遠藤周作　死について考える
大西巨人　神聖喜劇　全五巻
大西巨人　迷宮
大西巨人　三位一体の神話（上・下）
大西巨人　深淵（上・下）
荻原浩　神様からひと言
荻原浩　明日の記憶
荻原浩　あの日にドライブ
奥田英朗　野球の国
奥田英朗　泳いで帰れ

香納諒一　ヨコハマベイ・ブルース
香納諒一　夜空のむこう
北方謙三　雨は心だけ濡《ぬ》らす
北方謙三　不良の木
北方謙三　明《あ》日《す》の静かなる時
北方謙三　ガラスの獅子
北方謙三　錆《さび》
北方謙三　標的
北方謙三　夜より遠い闇
北方謙三　逢うには、遠すぎる
北方謙三　ふるえる爪
北方謙三　傷だらけのマセラッティ
北方謙三　冬こそ獣は走る
北方謙三　君は、いつか男になる
熊谷達也　七夕しぐれ

小松左京　日本沈没（上・下）
笹本稜平　ビッグブラザーを撃て！
笹本稜平　天空への回廊
笹本稜平　太平洋の薔薇（上・下）
笹本稜平　極点飛行
笹本稜平　不正侵入
笹本稜平　恋する組長
司馬遼太郎　城をとる話
司馬遼太郎　侍はこわい
司馬遼太郎　司馬遼太郎と城を歩く
司馬遼太郎　司馬遼太郎と寺社を歩く
白石一文　僕のなかの壊れていない部分
白石一文　草にすわる
白石一文　見えないドアと鶴の空
白石一文　もしも、私があなただったら